KB180880

한국 희곡 명작선 138

파운데이션(The Foundation)

한국 희곡 명작선 138

파운데이션 (The Foundation)

이정수

평민사

이정수

파운데이션 (The Foundation)

등장인물

존 스콥스 : 25세의 열의에 찬 청년 데이턴의 한 공립고등학교에서 근무하는 과학교사이자 시간제 미식축구 코치. 뿔테 안경 너머 소년의 얼굴이 학구적이지만 위협적이지 않는다. 타고난 성격이 숫기가 없지만 협동심이 강해 호감형이다. 켄터키대학교 재학 시절 총장이 해당 수업에서 반진화론 법안에 맞서 싸운 이력이 있는데, 이런 이유로 총장을 존경하는 그이다. 스콥스의 아버지는 이민자 출신의 철도 정비공으로 노동조합 조직책을 맡은 자타 공인 사회주의자 겸 불가지론자로, 미국의 정치제도와 종교체제에 대해 부정적인 이야기를 몇 시간씩 큰 소리로 늘어놓을 수 있는 사람이었지만, 스콥스는 정부와 종교에 대해 부친과 생각을 같이하지만 그보다는 느긋한 자세를 취한다.

노라 테일러 : 중년여성. 미국의 법조인으로, ACLU(미국시민자유연합)의 선도적 회원이었다. 모든 사람은 토지에 대한 권리를 평등하게 지니고 있다는 뜻의 지공주의 경제개혁의 강력한 옹호자이다. 10대 쾌락 살인자 레오폴드와 로에브 재판과 아내를 살해한 시카고 승마 교사 소송에서 피고 측 변호사로 활약하며 감형을 받아내 유명해졌다. 두 사건 모두 피고가 범행을 자백했음에도 불구하고 심리적 결정주의를 근거로 사형을 면하게 해주었으며, 주목할 점은 레오폴드와 로에브 재판에서 호르몬이 킬러 본능을 불러일으킬 수 있다는 전제를 과학적으로 증명함으로써 감형을 받아, 과학에 능통한 변호인으로 유명해졌다. 멜빵과 파스텔색 셔츠가 그녀의 트레이드 마크이다.

윌리엄 제닝스 브라이언 : 노년의 남성. 원고 측 검사 중 한 명. 네브래스카주 제1구의 하원의원을 거쳐 국무장관까지 역임한 인물이지만, 국무장관을 지낸 것보다 민주당 대선 후보로 여러 번 나와 3번이나 낙선한 것으로 더 유명하다. 1890년대의 미국의 금본위제에 대한 화폐개혁부터 1920년대 반진화론법에 이르기까지 다양한 정치적 대의를 위해 힘썼고 성패와 관계없이 끝까지 싸웠다. 워낙 스포트라이트 받기를 좋아하고 신념과 열정이 강했기에 법조계로 돌아가는 것 자체에 큰 매력을 느끼지 못한 그였지만, 스콥스 재판의 화제성을 생각해 자신이 주목받을 수 있음을 인지하고 재판의 검사로 나선다.

더들리 필드 말론 : 30대 후반의 남성. 피고인 측 변호인. 뉴욕에서 국제적인 명성을 쌓은 이혼 전문 변호사로 한때 국무부 차관으로 브라이언 밑에서 일한 경험이 있으며, 당시 자신의 상관이었던 브라이언에 대해 여전히 불만을 품고 있는 인물. 1920년 농민-노동당 후보로 뉴욕 주지사에 출

마를 하였지만 처참히 패배한 이후 변호사 업무에 전념하게 되었다.

톰 스튜어트 : 테네시 주 출신의 30대 초반의 검사로 스콥스 재판의 검사. 철저한 기독교 근본주의자는 아니지만 법치주의에 대한 강경한 입장을 고수하는 인물이다. 테네시 주의 반진화론 법안에 대한 보존을 위해 원고의 주장을 설계하며, 재판의 내용에 대하여 확장된 범위의 문제가 아닌 법률적인 문제로만 유지하고자 하며, 재판 내 과학적인 증언을 도입하려는 변호인 측의 시도를 방어하고자 하는 인물이다.

브리트니 휴스턴 판사 : 테네시 주의 판사로 중년의 여성이다. 가정적이며 기독교 근본주의자로, 고지식한 성격의 인물이다. 전국적인 이목을 끄는 재판 때문인지 재판정에 새 양복을 맞춰 입은 탓인지 기온이 38도에 육박하지만 절대로 양복 재킷을 벗지 않는 행동이 그녀의 성격을 짐작할 수 있게 하며, 당시 미국의 시대상 흡연이 가능한 재판정이었지만 본인이 흡연자가 아니라는 이유로 재판정 모두 금연함을 규정하는 이기적인 카리스마를 소유한 인물이다.

다니엘 목사 : 중년의 남성. 데이튼 북부 교회의 목사로 기독교 근본주의자인 원리주의자이다. 브라이언의 로비로 재판의 배심원으로 선정될 예정인 교회의 신도들에게 '진화론'에 대한 부정적인 인식을 설파한 인물로 평정심을 잃지 않고, 온화한 미소를 유지하는 인물로 보일지 모르나 자신의 신념인 기독교 근본주의에서 벗어난 의견 외의 물음에 감정적으로 대응하는 인물로 강한 방어기제를 가지고 있다.

배경
1925년 7월. 미국 테네시 주의 작은 마을 데이턴의 재판장.

무대
무대 중앙 뒤편에 놓인 판사석과 무대 하수에 마련된 원고석과 상수에 놓인 피고석. 판사석 뒤에는 거대한 성조기가 서 있다. 아울러 판사석과 원고석, 피고석 위에는 재판의 자료가 담긴 서류와 성경책이 놓여있으며, 판사석에는 판사의 망치와 성경이 놓여있다.

※ 실제 사건 속 인물들은 모두 남성이었지만, 작가의 의도에 따라 몇 인물을 여성으로 전환하였음을 밝히는 바입니다.

작품 의도

휴머니즘이란 인간이 인간다워질 수 있도록 존중하는 사상적 태도이다. 따라서 휴머니즘은 인간의 본질을 어떻게 규정하느냐에 따라 다양한 형태로 전개된다. 즉 인간의 본질을 사회적 인간으로 규정하는 관점에서도 휴머니즘은 실현되며, 인간의 본질을 '신의 자녀'로 파악하여 인간의 영혼을 구제하고자 하는 종교적 관점에서의 휴머니즘도 가능하다. 이렇듯 휴머니즘이라는 사상적 태도는 본질과 별개로 하나의 목적, 인간다움을 지향하고 있음에도 불구하고, 세계에 존재하는 다양한 본질들은 대립을 멈추지 않고 해결할 수 없는 갈등이 생산되고 있다. 이렇게 생산된 갈등은 인간의 인간에 대한 비방과 인간 소외를 낳고 나아가 덧없는 희생이 뒤따르는 전쟁이 야기되고는 한다. 이런 본질에 대한 갈등의 끝에서 마주하게 되는 것은 휴머니즘이 지향하는 '인간다움'에 대한 회의감이 아닐까.

본 작품의 모티브가 되는 1925년 미국의 테네시 주에서 열린 '스콥스 재판', 일명 '원숭이 재판'도 '인간다움'에 대한 회의감이 들게 되는 대표적인 재판이다. '반진화론 법안'을 중심으로 진화론과 창조론의 대립이라는 과학과 종교의 대결적 구도로 진행된 재판이었지만, 공정과는 거리가 먼 인물 간의 구조로, 피고에게 불리한 '기울어진 운동장', 그 자체의 재판이었다. 즉, 창조론과 진화론은 종교와 과학이라는 두 휴머니즘의 본질이 대립하여 낳은 것이 앞에서 밝힌 바와 같이 '인간다움'에 대한 회의감인 것이다. 이런 씁쓸한 생각을 중심으로 본 작품 '파운데이션 The Foundation'을 구상했다. 제목으로 선정한 단어 'foundation'이 뜻하는 다양한 의미가 있지만 작가로서 주목한 의미는 '토대'로, '인간의 토대'에 대한 이야기를 담았다는 의미로 해석을 할 수 있으며, 단어에서 비롯된 명사 'Fundamentalism'이 상징하는 종교적 원리주의, 기독교 근본주의에 대한 견해가 담겨있다는 의미로도 해석할 수 있다. 휴머니즘이 지향하는 '인간다움'을 다시금 상기하고자 본 작품을 집필하였음을 밝히며 글을 마친다.

시놉시스

1925년 1월. 미국의 테네시 주 하원의원인 존 워싱턴 버틀러가 건의한 법이 찬성 71명에 반대 6명이라는 사실상 만장일치에 가까운 표차로 통과된다. 버틀러가 건의한 법안은 '반진화론 법안'으로 테네시 주의 공립학교에서 진화론을 금지하는 내용이 담긴 법안으로, 하원에서 통과된 이 법안이 상원에서도 압도적인 표차로 최종 승인되는 일이 벌어지게 된다. 이렇게 통과된 '반진화론 법안'에 대한 항의로 같은 해 7월. 테네시 주 데이턴의 한 공립학교 교사였던 존 스콥스가 진화론을 주제로 하여 수업을 진행하였으며 제정된 법률에 의거, 고소를 당하게 된다. '진화론 대 창조론의 세기의 대결'

이라는 타이틀로 미국 전역에 이슈로 떠오른 스콥스 재판. 당대 최고의 스타 변호사인 테일러는 피고 측 변호인으로, 원고 측 검사로는 국무장관을 역임한 이력을 가진 거물 정치인 브라이언이 나서게 되며 재판에 대한 국민적 관심이 높아지게 된다. 많은 이들의 기대가 모인 세기의 재판, 스콥스 재판이 시작된다.

#1. prologue

무대 중앙을 좁게 비추는 짙은 녹색의 라이트.

허리를 잔뜩 굽히고, 양팔을 바닥을 향해 길게 늘인 스콥스.

초기 인류인 오스트랄로피테쿠스의 모습이다.

서서히 허리를 곤두세우는 스콥스.

현생 인류인 호모 사피엔스의 모습이다.

짙은 녹색의 실루엣 라이트가 사라지고

동시에 스콥스를 비추는 좁은 부분조명이 밝혀진다.

라이트 밑에 선 존 스콥스.

스콥스   안녕? 교장 선생님이 그동안 생물 수업을 진행하셨지? 당분간은 선생님이 맡게 될 거야. (관객 한 명을 지목하면서) 저 친구. (객석 열을 세면서) 하나, 둘, 셋. 거기 네 번째 줄에서 (객석 행을 세면서) 하나, 둘, 셋, 넷… 어, 거기! 오른쪽에서 일곱 번째 친구. 그래, 너. 수업 시작한 지 얼마나 됐다고 졸아. 시작하자마자 조는 거 보니까 평소에 너희가 생물 수업을 지루해했구나. 너희 파블로프의 개라고 아니? (짧은 사이) 몰라? 언젠가 알게 될 거야. 잠 좀 깨볼까? 선생님이 재미있는 이야기 하나 해줄게. 졸지 말고 들어. 너희들 비둘기 아니, 비둘기? (짧은 사이) 비둘기의 종류에 대해서도 알고 있니? (짧은 사이) 비둘기가 그냥 비둘기 아니냐고? 애석하게도 아니야. 비둘기의 종류는 엄청 다양해. 우리가 흔히 보는 비둘기는 '멧비둘기'라는 비둘기고. 그래, 멧돼지 할 때 멧. 잿빛 도는 비둘기 있잖아. 쥐 색깔. 그리고 '공작 비둘기'라는 비둘기가 있어. 관상용으로 개량해서 만든 품종이야. 얘는 흰색이야. 그리고 꼬리 쪽이 공작이랑 비슷해. 부채꼴이야. 그리고 '라파과일 비둘기'라고 있어. 얘는 초록색 비둘기야. 본 적 없지? 그런데 초록색 비둘기도 있어. 그리고 몸통도 커. 한 30cm? 크지? 그런데 얘도 비둘기야. 그리고 또 '다이아몬드 비둘기'라고 있어. '다이아몬드 비둘기'. 얘는 '멧비둘기'처럼 잿빛이야. 회색. 그런데 날개에 흰색의 다이아몬드 얼룩이 있어. 그래서 '다이아몬드 비둘기'야. 이 외에도 엄청 다양해. '굵은 부리 땅 비둘기', '세에셸 파랑 비둘기', '스테판 에메랄드 비둘기', '굵은 부리 녹색 비둘기'. 엄청 많아. 비둘기만 종류가 많은 것이 아니야. 그렇지? 강아지도 종류가 많잖아. 불독, 달마시안, 셰퍼드. 고양이도 그렇고. 이런 것들이 다 품종개량으로 탄생한 거야. 품종개량이 뭐냐고? 다음 시간에 멘델의 유전법칙에 대해서 알려줄 건데, 인간이 이 동물의 장점, 저 동물의 장점을 합체 시켜서 위대한 결과를, 그러니까 새로운 종을 만들어내는 기술인데, 다음 시간에 더 자세히 알려줄게. 하여튼 품종개량 때문에 다양한 종류의 동물이 생겨나고, 식물이 생겨나고 있어. 그렇지? 이렇게 인간이 위대한 결과를 만들어냈다면… (사이) 자연이 그러지 못할 이유가 있을까? (반응을 살피고는) 자, 보자. 자연에서 동물이랑 식물이 주어

진 환경에서 살아가는 데 필요한 모습이나 성질은 이 동물이랑 식물의 부모에게서 물려받은 거지? 살아가는 데 불필요한 모습이나 성질을 가진 친구들은 다 멸종되었어. 그러니까 여기 있는 친구들도, 선생님도, 다! 지금 시대에, 지금 자연환경에서 살아가는 데 전혀 지장이 없게 변화한 거야. 비둘기처럼. 그럼 우리가 처음부터 이런 모습이었을까? 아니겠지? 인간의 초기 모습이 어땠는지에 대해서 정확히는 말할 수 없어. 하지만 지금의 모습이 아니라는 것은 확실해. 그럼 지금 우리의 모습은 뭐다? '진화'된 것이다. 환경에 맞게, 살아가는 데 유리하게 '진화'를 한 거야. 이해되니? 사실 우리들의 처음 모습은 원숭이에 가까웠어. 여러분 모습이 원숭이에 가까웠다는 말이 충격이지? 얼마 전에 영국의 필트다운에서 사람의 두정골, 그러니까 정수리 옆에 있는 넓적한 뼈를 발견됐어. 이 뼈는 사람 뼈이면서 사람 뼈가 아니야. 그러면 누구의 뼈인가. 혹시 하이델베르크인이라고 아니? 지금으로부터 70만 년 전부터 20만 년 전까지 존재했던 인류야. 그럼 네안데르탈인이라고는 들어봤니? 데니소바인은? 안 들어봤지? 지금 우리와 같은 인간의 종류를 호모 사피엔스라고 하는데, 우리 호모 사피엔스랑 같이 생긴 인류가 네안데르탈인과 데니소바인이야. 지금은 호모 사피엔스만 빼고 멸종했지. 이유는 몰라. 호모 사피엔스보다 부족한 무엇인가가 있겠지. 다시 두정골로 가서. 이 두정골이 왜 중요하냐. 아까 말한 하이델베르크인이 호모 사피엔스, 네안데르탈인, 데니소바인의 바로 이전 인류로 추정되었거든. 그래서 연구진이 이 두정골을 하이델베르크인의 두정골이라고 생각을 했는데, 알고 보니까. 하이델베르크인보다 훨씬 더 전에 지구에 살았던 인류의 두정골인 거야. 신기하지? 두개골 부분은 인간의 것이랑 비슷한데 그 아래, 턱으로 이어지는 부분이 유인원의 턱뼈와 거의 흡사한 거지. 신기하지? 머리는 사람인데 머리 아래로는 침팬지였던 거야. 고로 우리는 모두 침팬지 같은 유인원으로부터 '진화'했다는 결론에 도달할 수 있는 거지. '진화'에 대해 과학적으로 입증된 증거를 알아보고 이에 대한 토론을 앞으로 수업내용으로 진행할 예정이야. 질문 있니? (짧은 사이 / 학생 중 누군가 질문을 하고 있다는 행동을 취하며) 아, 증거. 여러분 중 일부가 원숭이처럼 행동하는 것도 하나의 증거야.

빙그레 웃는 스콥스.
곧바로 브라이언의 목소리가 울려 퍼진다.

브라이언 Na
공립학교 교사가 성경이 가르치는 창조론을 부정하는 학설을 가르치는 것과 인간이 하등 동물로부터 유래했다고 가르치는 건 위법행위입니다. 공법 제31428호. 제37권 법령번호 31428호에 따라 당신은 고발당했습니다.

스콥스　　(당황스러운 표정으로) 네?

#2-1. 기울어진 운동장 part 1

암전 없이 #2-1로 전환된다.
#1의 스콥스의 마지막 대사를 끝나면 등장하는 다니엘.

다니엘　　(스콥스 앞에 서면) 피고가 여기 왜 서 계십니까? 피고석에
　　　　　　가서 앉으세요.

스콥스　　누구세요?

다니엘　　데이턴 사람이 아닙니까?

스콥스　　데이턴 사람이기는 합니다만….

다니엘　　그런데 나를 몰라요?

스콥스　　네.

다니엘　　(의기양양하게) 다니엘 목사입니다.

스콥스　　모르겠는데요.

다니엘　　제가 누군지 알면 이런 태도를 취하지 않을 텐데. 피고, 맞
　　　　　　으시죠?

스콥스　　네.

다니엘　　제가 누군지 곧 알게 되실 겁니다. 피고석에 가서 앉으세요.

고개를 가우뚱하며 피고석으로 향하는 스콥스.

관객을 향해 대사를 하기 시작하는 다니엘.

다니엘이 관객에게 대사를 하는 동안 재판정에 등장하는 배우들.

테일러와 말론이 먼저 등장하며 피고석의 스콥스와 악수를 하며 인사를 나눈다.

이어 브라이언과 스튜어트가 등장하며 원고석에 앉아 서류를 검토한다.

이때 등장하는 휴스턴 판사.

원고석의 브라이언에게 목례를 하는 휴스턴.

휴스턴의 인사를 받는 브라이언.

판사석으로 향하는 휴스턴.

다니엘　(관객에게) 배심원단 여러분이시죠? 안녕하세요! 본 재판의 배심원단 대표 다니엘 목사입니다. 우리 교회 신도분들이 여럿 보이시네요. 이 모든 것이 하나님의 뜻이겠지요? 자, 여러분 우리 주의 말씀에 대한 반응을 어떻게 하지요? 아멘! 한번 같이 외쳐볼까요? 아멘! (관객으로부터 호응을 끌어내는 다니엘) 안 들려요, 다시 한번 크게 외쳐볼까요? 아멘! (관객의 반응을 확인하고는) 네, 좋아요! 여러분 오늘 재판이 예배라고 생각하시고, 하나님의 이름을 드높이는 대목이 나올 때마다 '아멘'이라고 외쳐주시면 됩니다! 이해되셨죠? 하나님의 이름을 드높이는 대목을 어떻게 아느냐! 제가 압니다! 목사인 제가 압니다! 재판이 진행되면서 제가 '아멘'이라고 외치면 여러분도 따라서 '아멘'이라고 외쳐주시면 됩니다! 한 번 더 외쳐볼까요? 아멘! (다니엘을 따라 '아멘'을 외치는 관객들) 좋습니다! 오늘 여기 재판정에서 천지를 만드신 전지전능한 하나님을 찬양함에 목청을 아끼지 말아 주시기 바랍니다!

대사를 마치자 휴스턴과 원고석의 브라이언. 스튜어트에게 인사를 하고는 객석에 마련된 자리로 들어가 앉는 다니엘.
큰소리로 헛기침을 하는 휴스턴.
모두 휴스턴을 주목한다.
짧은 정적.
망치를 가볍게 세 번 두드리는 휴스턴.
고요해지는 무대.

휴스턴   재판에 앞서 약식예배가 진행될 예정입니다. 모두 질서를 지키며 자리에서 일어서 주시기 바랍니다.

테일러   판사님.

휴스턴   뭡니까?

테일러   종교적 측면을 다루는 재판이니만큼 법정의 예배의식을 생략해 주시기 바랍니다.

휴스턴   변호인. 무슨 뜻입니까?

테일러   국가적으로 과학과 종교 간에 분쟁이 발생했다는 사실이 공식화된 상태에서 재판 전에 예배를 진행하는 것은 심의에 영향을 끼칠 수 있습니다.

스튜어트 학교 교사가 법에서 금지한 교리를 가르쳤는지 아닌지를 판가름하는 것이 이번 재판의 취지입니다.

휴스턴 절차입니다. 이 문제로 벌써부터 날을 세울 필요는 없을 것 같습니다. 피고 측 변호인의 의견, 기각하겠습니다. 예배 진행하겠습니다.

자리에서 일어서는 원고 측 검사들과 피고 측 변호인들.
객석에서 조용히 일어나 무대 중앙을 향하는 목사.
무대로 향하며 테일러와 스콥스를 힐끔 노려보고는 기도하는 자세를 취한다.
예배에 관심 없다는 듯 피고석에 앉아 서류를 검토하는 테일러와 먼 산을 바라보는 말론, 법정에서 예배하는 광경이 생소한 듯 주변을 둘러보는 스콥스다.

다니엘 할렐루야. 이곳 테네시 주 데이튼 북부 교회의 목사 다니엘입니다. 예배를 진행하도록 하겠습니다.

두 손을 모으고 눈을 감는 휴스턴과 브라이언 그리고 스튜어트.
말론이 기도를 하려 하자 눈치를 주는 테일러.
아차 싶은 표정을 지으며 기도하는 자세를 푸는 말론.

다니엘 주기도문으로 시작하겠습니다.

눈을 감는 다니엘.

객석을 향해 양손을 들어 주기도문을 외기 시작하자 브라이언과 스튜어트, 휴스턴도 함께 주기도문을 외기 시작한다.
불만스럽다는 듯 고개를 가로 젓는 테일러와 스콥스.

– 주기도문 –
하늘에 계신 우리 아버지,
이름이 거룩히 여김을 받으시오며,
나라이 임하옵시며
뜻이 하늘에서 이룬 것 같이
땅에서도 이루어지이다.
오늘날 우리에게 일용할 양식을 주옵시고,
우리가 우리에게 죄지은 자를 사하여 준 것 같이
우리 죄를 사하여 주옵시고,
우리를 시험에 들게 하지 마옵시고,
다만 악에서 구하옵소서.
대개 나라와 권세와 영광이 아버지께 영원히 있사옵니다.
아멘.

고개를 드는 일동.

다니엘　　금일 예배의 시작은 오늘 이 자리, 아버지 하나님의 고결

한 가르침으로 이단의 무지함을 꾸짖으시고.

브라이언   아멘!

다니엘   아버지 하나님이 만물을 지으신 의미를 드높이고자 마련한 오늘의 재판의 숭고함과 원숭이는 원숭이로, 인간은 인간으로 창조하신 거룩한 영광을 담은 감사기도를 들으실 우리 주 하나님을 찬양하며 나아가겠습니다.

브라이언   (동시에) 아멘!

스튜어트   (동시에) 아멘!

휴스턴   (동시에) 아멘!

휴스턴 판사의 아멘 소리에 당황하는 테일러.

테일러   (퉁명스럽게) 저기, 판사님.

휴스턴   (단호하게) 아직 예배중입니다.

다니엘   찬송가 476장 '꽃이 피고 새가 우는' 1절만 부르도록 하겠습니다.

성경책을 펼쳐 드는 다니엘. 찬송가 476장을 찾는다.

찬송가 476장을 찾는 휴스턴과 스튜어트 그리고 브라이언.

'꽃이 피고 새가 우는'의 반주가 흐른다.

반주에 맞춰 찬송을 부르는 다니엘, 브라이언, 스튜어트, 휴스턴.

- 꽃이 피고 새가 우는 -

♬ 꽃이 피고 새가 우는 아름다운 봄이 왔네 ♬
♬ 하나님이 창조하신 산과 들이 푸르러라 ♬
♬ 이 좋은 날 마음 열고 아이처럼 뛰어놀며 ♬
♬ 우리 주님 크신 사랑 찬송하며 기뻐하세 ♬
아멘.

다니엘 다음 세대가 복음으로 일어나기를 바라며 오늘은 진리에서 벗어난 오늘 재판의 내용을 주제로 기도하도록 하겠습니다. 모두 성경을 들어 창세기 1장 25절과 26절을 봐주시기 바랍니다.

성경을 펼쳐 창세기 1장 25절, 26절을 찾는 브라이언과 스튜어트 그리고 휴스턴.

다니엘 찾으셨습니까?

브라이언 네.

다니엘 '하나님이 땅의 짐승을 그 종류대로, 가축을 그 종류대로, 땅에 기는 모든 것을 그 종류대로 만드시니 하나님이 보시기에 좋았더라. 하나님이 이르시되 우리의 형상을 따라 우리의 모양대로 우리가 사람을 만들고, 그들로 바다의 물고기와 하늘의 새와 가축과 온 땅과 땅에 기는 모든 것을 다스리게 하자 하시고'라고 하나님의 창조역사를 분명하게 기록해 놓으셨습니다. 모든 짐승과 가축 새와 물고기를 종류대로 만드시고 마지막에 사람을 지으셨다고 분명히 알려주셨음에도 불구하고 '하나님이 없다' 하는 불신앙에서 시작된 '진화론'으로 인해 과학과 역사 등 여러 영역에 하나님을 대적하는 거짓과 무지가 우리를 현혹하고 있습니다. 이런 안타까운 현실에 대해 지혜를 얻고자 기도를 하겠습니다.

스콥스 이것 보세요! 안타깝다니요!

휴스턴 피고인 자중하세요.

테일러 판사님. 이 예배가 본 재판의 논지에 대해 객관성을 상실시킵니다.

휴스턴 아니요. 그렇지 않습니다.

브라이언 이보세요, 변호인. 아직 예배도 끝나지 않았어요. 그리고 이 예배가 이 재판에 대한 객관성을 상실시키는지 변호인이 어떻게 압니까.

스튜어트 이 재판에서 피고 측이 생각하는 객관성이란 무엇을 의미합니까?

테일러 중립입니다.

브라이언 중립이요?

테일러 네. 중립이요. 진화론과 창조론. 그 어느 곳에서도 치우치지 않은 중립.

스튜어트 틀렸습니다. 이 재판이 갖춘 객관성은 스콥스 씨가 법을 어겼느냐, 어기지 않았느냐에 대한 가치 중립뿐입니다.

말론 아닙니다. 원고가 말하는 법, 그러니까 반진화론 법안의 타당성에 대한 중립이 중립입니다.

휴스턴 그만 하세요.

다니엘 계속 할까요?

휴스턴 죄송합니다, 목사님. 예배 중에….

다니엘 괜찮습니다. 이어서 진행하겠습니다. 기도 진행하겠습니다.

두 손을 모아 기도하는 자세를 취하는 휴스턴, 브라이언, 스튜어트.

테일러 참나, 어이가 없어서.

휴스턴 (정색하며) 변호인.

휴스턴의 시선을 피하는 테일러.

다니엘 기도하겠습니다. (기도하는 자세로) 땅과 하늘, 바다 그리고 그 안의 모든 것을 창조하신, 성스러운 지혜의 원천 하나님. 우리 데이턴에서도 학생들에게 진화론을 가르치는 일이 벌어졌습니다. 학생들의 가치관 형성에 큰 해악을 끼쳤습니다. 우주와 생명은 하나님이 창조하셨음에도 이를 믿지 못하고 생명체가 우연히 발생하였고 점진적으로 지금과 같은 형태의 생명체로 진화하였다고 가르치고 있습니다. 또한 인류의 기원이 한낱 원숭이에서 비롯되었다고 말하고 있습니다. 주님과 멀어지기를 선택한 어리석은 양들입니다. 원숭이가 조상이라는 거짓이 하나님 백성의 귀를 찢고, 이를 바라보는 사탄은 미소를 짓고 있습니다. 정사와 권세와 어둠을 주관하는 권세의 하나님! 재판정의 판사님과 원고 측 검사님들이 진리를 담대히 전할 수 있는 용기와 지혜를 주시기를 바라고. 하나님의 뜻에 어긋나지 않도록 피고와 피고의 변호사들에게 성령이 임하기를 간절히 소망합니다. 아멘.

휴스턴   아멘.

브라이언   아멘!

스튜어트   아멘!

고개를 드는 다니엘.

다니엘   이상으로 예배를 마치도록 하겠습니다.

휴스턴   하나님의 좋은 말씀 전해주시어 감사합니다.

다니엘   불러주셔서 감사합니다.

퇴장하며 안타까운 눈초리로
테일러와 말론 그리고 스콥스를 바라보고는 자리로 돌아가는 다니엘.
이런 다니엘을 매서운 눈초리로 노려보는 테일러다.

휴스턴   그럼 본 재판 진행하도록 하겠습니다. 원고 측 기소내용

말씀하세요.

브라이언 본 사건은 공립교사 존 스콥스 씨가 성경이 가르치는 창조론을 부정하는 학설을 가르친 정황과 인간이 하등 동물로부터 유래했다고 가르친 사실이 적발되어 공법 제31428호. 제37권 법령번호 31428호. 반진화론 법안 따라 고발된 안건입니다.

휴스턴 변호인. 변론하세요.

무대 중앙에 서는 테일러.
객석에 앉아있는 다니엘에게 다가가는 테일러.

테일러 본 재판이 시사하는 바는 스콥스 씨의 유무죄 결과보다 유무죄의 기로에 있는 반진화론 법안의 타당성에 대한 주목이라는 것입니다.

말론 맞습니다. 최근 테네시 주에서 통과된 진화론 교육 금지 법안은 신성한자유의 원칙을 무너뜨리는 사례입니다. 국민의 행복과 미국의 시민 정신의 근간이 되는 원칙의 상징이라는 면에서 중대한 문제입니다.

브라이언 말론 변호인은 무신론자입니까?

말론 심문하시는 겁니까?

브라이언 심문이라기보다 '왜'라는 질문을 하기 전에 같은 진리를 공유하고 있는지 파악하기 위함입니다. 저는 독실한 기독교인으로서 따르는 '진리'가 있습니다. 이 '진리'를 공유하지 못하는 분이라면 허공에 질문을 하는 꼴이니, 이를 사전에 방지하기 위해 질문 드리는 것입니다.

말론 브라이언 씨만큼 저도 독실한 기독교 신자라고 감히 말씀 드리고 싶습니다. 개인적으로 저는 기독교와 진화론에 대한 믿음을 동시에 유지하는 것이 전혀 어렵게 느껴지지 않습니다. 신학은 인간의 열망과 내세에 대한 믿음에 관련된 것이고, 과학은 자연의 이치에 관한 것이니까요. 한 남자가 자신의 어머니와 아내에게 표현하는 사랑이 전혀 다르듯 종교와 과학 사이에도 더 이상의 갈등은 없어야 한다고 여기는 것이 저의 가치관입니다. 어쩌면 이 재판에 선 것은 스콥스 씨가 아니라 문명일지도 모릅니다. 우리는 앞선 '문명'으로써 유무죄의 중심에 서 있는 반진화론 법안에 대한 타당성을 묻고 있습니다. 저도 브라이언 변호인께 묻겠습니다.

브라이언 뭐를요?

말론 태양이 지구 주변을 돈다고 생각하십니까, 지구가 태양 주위를 돈다고 생각하십니까?

브라이언 그야 당연히 지구가 태양 주위를 돌지요.

말론 왜 그렇게 생각하십니까?

브라이언 과학적 사실이니까요.

말론 진화론도 이 문제와 크게 다르지 않습니다.

브라이언 무엇이 다르지 않다는 것입니까?

말론 재판장님. 제가 의회에 한 가지 법을 제안할 생각입니다.

휴스턴	법을 제안한다고요?
말론	자, 지구가 태양 주위를 돈다고 가르치지 못하도록 하는 법입니다. 이름을 짓자면 '반지동설 법'이 되겠죠?
브라이언	지금 지동설과 진화론을 같은 선상에서 비교를 하는 것입니까?
말론	말이 안 된다고 생각하시죠?
브라이언	그럼요.
말론	마찬가지입니다. 지동설의 근거는 코페르니쿠스의 이론을 기초로 하며 아주 확실한 상식입니다. 진화론도 코페르니쿠스의 이론만큼이나 과학적인 사실입니다.
브라이언	아하. 그러니까 피고 측 변호인들은 이 재판에 다른 목적이 있는 거군요.
테일러	무슨 말씀이십니까?
브라이언	존경하는 롤스턴 재판장님. 이 재판은 소수의 무신론자, 불가지론자, 무종교인이 계시 종교에 대해 합동으로 하는 공격입니다.
다니엘	아멘!

다니엘과 함께 '아멘'을 외치는 배심원단 (=관객)

테일러	(배심원단의 반응에 당황하며) 모, 모함입니다!
브라이언	모함이라니요. 변호인들은 지금 본 법정의 논지를 흐리고 있습니다.

테일러 전혀 그렇지 않습니다. 법이 잘못되었으면 법을 바로잡는 것이 먼저입니다. 스콥스 재판에 관한 대중의 관심은 드레드 스콧 판결과 같은 결을 보입니다. 흑인 노예였던 드레드 스콧이 자유주로 이주한 것을 이유로 해방을 요구한 데 대하여 1857년 최고재판은 노예는 소유물이지 시민이 아니라고 각하했고…

브라이언 그래서 남북전쟁이 발발했지요. 그래서 지금 이 재판으로 종교전쟁의 빌미를 제공하실 생각입니까, 변호인?

테일러 드레드 스콧 판결은 전쟁만 발발한 재판이 아닙니다. 미국의 미래를 바꾼 재판이었습니다. 이번 재판도 미국의 미래를 바꿀 재판입니다. 그렇기 때문에 대중의 관심이 높다고 생각합니다.

브라이언 원숭이가 우리 인간의 조상이라는 허무맹랑한 소리가 미래를 바꾼다니. 가당치도 않은 소리입니다.

테일러 아니요. 이 재판의 결과에 따라 국가 교육의 미래가 달려 있습니다.

브라이언 (휴스턴에게) 재판장님. 변호인이 현재 이 재판을 제멋대로 과대평가하고 있습니다.

휴스턴 변호인. 재판의 내용에 대한 주관적 해석은 삼가 주시기 바랍니다.

스튜어트 교사를 주체로 납세자가 반대하는 내용을 마음대로 가르칠 수는 없습니다. 반진화론 법안은 테네시 주의 대의제를 통해 가결된 법안으로 이곳 납세자들의 요구사항입니다. 스콥스 씨는 이를 어긴 범법행위를 저지른 것이고요. 이것이 이 재판의 주요사안입니다.

브라이언 맞습니다. 피고 측이 논지를 계속 흐리고 있는데 재판이 당면한 문제에만 사안을 국한시켜야 합니다. 우리 원고 측이 원하는 것이죠. 법 자체가 명백히 진화론이라는 가설을 가르치지 말라고 금하고 있습니다. 이 외에 다른 논리가 필요한 재판인가요? 그리고 피고 측 변호인들이 잊고 있는 것 같은데 이 땅의 법은 성경을 인정합니다.

다니엘 아멘!

다니엘과 함께 '아멘'을 외치는 배심원단 (=관객)

테일러 이 땅은 성경만 인정하는 것이 아닙니다. 우리 헌법에서 모든 종교에 대한 자유를 인정합니다. 하지만 테네시 주는! (숨을 고르고는) 반진화론 법안을 통해 여러 종교 가운데 유독 기독교만 편애하는 것인지 납득하기 어렵습니다! 반진화론 법안은 공립학교에 특정 종교의 관점을 주입하려는 의도가 있는 법안으로 우리 헌법에서 위법입니다!

스튜어트 주의 자금 지출을 제어하려는 테네시 주 입법부의 노력이자 권한입니다.

테일러 네?

스튜어트 반진화론 법안은 개인의 자유에 대한 문제가 아니라는 말입니다. 스콥스 씨가 길거리에서 진화론에 대한 자신의

견해를 외쳤다면 본 재판에 그 어떤 빌미도 제공하지 않은 것이 됩니다. 하지만 공립학교에서 진화론 따위의 개인적인 견해를 가르치는 것은 용납할 수 없습니다.

스콥스　진화론 따위라니요!

스콥스를 진정시키는 말론.

스튜어트　테네시 주의 유권자인 테네시 주민들을 책임지는 의원들이 진화론 뿐만 아니라 주민의 삶의 질을 저해하는 어떤 이론, 심지어 과목까지 제외시킬 수 있습니다. 그들이 공교육을 제어하는 것은 당연한 일이고 그들의 역할입니다.

박수를 치는 브라이언.

말론　스튜어트 변호인의 말대로 국가와 주가 어떤 과목을 가르쳐야 하는지 결정할 수는 있겠지만, 그 대상이 생물이라면 거짓을 가르치도록 강요할 수 없는 일입니다.

테일러　(나지막하게) 의회가….

테일러를 주목하는 사람들.

테일러　의회가 공립학교에서 교과과정을 지시할 권한이 있다는 스튜어트 변호인의 말씀 잘 들었습니다. 맞는 말씀입니다. 하지만! 테네시 주민들은 이 헌법을 채택했고, 고로 테네시 주민들에게는 종교의 자유가 있습니다. 그렇다면 그 어떤 입법기관도 종교의 자유에 위배 되는 수업 과정을 결정할 수 없습니다. 헌법의 국교 조항! 의회는 특정 종교를 국교로 정하는 법을 만들 수 없다! 그리고 그 어떤 종교기관이나 숭배의식도 법에 의해 특혜를 받을 수 없다! 왜 테네시 주는 우리의 헌법을 어기고 기독교에게 더 많은 특혜를 줄 수 있는 권한이 있는 건가요? 그럼 이 권한은 어디에서 비롯된 건가요?

흥분을 가라앉히고 주변을 둘러보는 테일러.

테일러 여기 테네시 주 대부분의 공립학교에서 반진화론 법안이 생기기 이전에 수년간 진화론을 가르쳐왔습니다. (원고 측 검사들을 노려보며) 그런데! 갑자기 누군가가 나타나 모두가 자기가 믿는 대로 믿어야 한다고 말합니다. 나보다 많이 아는 것은 범죄라고 말합니다. 그것도 모자라 배움을 금하는 법까지 만듭니다. (피고석에 놓인 성경을 들어 보이며) 모든 이의 지적 능력과 모든 이의 지능, 모든 이의 배움을 평가하는 잣대로 성경을 내밀고 있습니다. 성경은 생물학 책이 아니고, 성경을 쓴 사람들이 생물학에 대해 알았을 리도 없습니다. 이미 지성을 가진 세계 대부분의 기독교인은 진화론을 수용했고 자신들이 믿는 하나님께서 첫째

날 창조를 모두 마친 것이 아니라 여전히 인간을 더 나은 존재로 만들기 위해 노력하고 계시다고 믿습니다. (숨을 몰아쉬며) 이런 세상에 반진화론법이요? 우리는 지금 인간의 정신에 지성과 계몽, 문화를 불러오고자 했던 역사의 위인들을 불태우고, 16세기로 후퇴하고 있습니다!

정적이 흐른다.
정적을 깨고 감탄한 듯 박수를 치는 말론과 스콥스.

스튜어트 재판장님. 피고 측은 재판의 내용과 상관없는 개인의 의견을 피력하고 있습니다.

브라이언 이보세요, 테일러 변호사. 인간이 원숭이와 관계가 없는 것처럼 지금 피고 측이 진리라 우기는 진화론이라는 헛소리는 이 재판과 아무 관련이 없습니다. 사리분별을 함에 있어 충분한 두뇌를 소유한 우리 테네시 주민에게 그런 억지 논리가 통할 것이라고 생각합니까?

테일러 (상기된 얼굴의 테일러) 그래서. (사이) 그래서 (객석을 가리키며) 배심원단으로 선정된 사람들이 이 분들입니까?

휴스턴 무슨 말씀이시죠?

테일러 제가 알기로는 여기 배심원 대부분은 정부의 정규교육을 받지 못한 레아 카운티의 시골 지역에서 온 농부와 그 가족으로 구성이 되어있는 것으로 알고 있습니다. 아닙니까? (관객에게) 여기 계신 분들 중 레아 카운티에서 오지 않으신 분만 손을 들어주시기 바랍니다. (재빠르게) 모두 레아 카운티에서 오셨군요. 심지어 (객석에 앉아있는 다니엘 목사를 지목하며) 저기 앉아있는 다니엘 목사의 교회 신도들로 다니엘 목사가 추천한 분들로만 구성이 되어있는 것으로 알고 있습니다. 물론 신앙에 문제가 있는 분들은 이 자리에 오지 않으셨겠군요. 이 말은 즉 진화론이라는 개념자체, 단어 자체도 생소한 분들이 이 자리에 계신 겁니다. 하지만 (다니엘에게) 목사님. 목사님은 진화론에 대해서 알고 계셨습니까?

다니엘 아니요. 몰랐습니다.

테일러 모르실 리가 없으실 텐데요. 아까 예배를 하실 때 언급을 하셨던 걸로 기억을 합니다.

피고인석에서 메모지를 들어 보이며 읽는 테일러.

테일러 '하나님이 없다'하는 불신앙에서 시작된 '진화론'으로 인해 과학과 역사 등 여러 영역에 하나님을 대적하는 거짓과 무지가 우리를 현혹하고 있습니다. 아까 기도하신 내용이시죠?

입술을 무는 다니엘.

테일러 '진화론'에 대해 언제 알게 되셨습니까?

다니엘 그건 재판정에 오면서 알게 되었습니다.

테일러 어떻게 알게 되셨죠?

다니엘 지금 법원 청사 주변에 많은 인파가 모여있는 것을 변호
        사 님은 보셨을 겁니다. 미국 전역에서 주목을 받는 재판
        이니까요. 그래서 법원 청사 뒤에서 소 한 마리를 통째로
        굽고 있는 노점에서도 '원숭이 고기'라고 이름을 붙였고,
        그 옆에서 팔고 있는 핫도그는 '원숭이 핫도그', 음료 판매
        점에서 팔고 있는 콜라는 '원숭이 콜라'라고 이름을 붙여
        서 팔고 있습니다.

테일러 목사님은 재판정에 오면서 진화론을 알게 된 것이 아니죠?

다니엘 네?

테일러 지금 여기 청사 주변에 '진화론'이라는 단어가 적힌 문구
        가 전혀 없습니다. 온통 원숭이뿐이죠. '진화론'은 여기 재
        판정에서만 언급하고 있습니다.

다니엘 (말을 더듬으며) 유, 유, 유, 유추!

테일러 네?

다니엘 유추했습니다, 유추!

테일러 무엇을 유추하셨습니까?

다니엘 원숭이가 이렇게 이슈가 된 데에는 다 이유가 있지 않겠
        는가! 그래, 인간이 원숭이를 닮았구나! 그래, 원숭이가 인
        간으로 진화를 했다는 낭설이 돌고 있구나! 이 낭설의 이
        름을 무엇이라고 할까. 그래, 진화론이라고 하자!

        실소를 하는 말론과 스콥스.

테일러　　다니엘 목사님, 법정에서 거짓을 말씀하시면 처벌 대상이 됩니다. 언제 진화론을 알게 되셨습니까.

　　　　　　겁을 먹은 다니엘.

브라이언　지금 변호인은 본 재판과 관련 없는 방청객을 협박을 하고 있습니다.

말론　　　협박이 아니라 법정의 규율을 말씀하고 계신 겁니다.

테일러　　다시 한 번 묻겠습니다. 언제 진화론을 알게 되셨습니까?

　　　　　　브라이언을 바라보는 다니엘.
　　　　　　다니엘의 시선을 의식하는 브라이언,
　　　　　　다니엘에게 비밀을 유지하라는 무언의 제스처를 보낸다.
　　　　　　두 사람의 시선을 인식한 테일러.
　　　　　　브라이언을 쳐다보는 테일러.
　　　　　　테일러의 시선을 피하는 브라이언이다.

다니엘　　(말을 더듬으며) 조, 조, 조, 조금.

테일러　　네?

다니엘　　조금 됐습니다. 시내 중심가의 상인들은 유인원과 원숭이 사진으로 가게를 꾸몄고, 특허약품을 손에 든 꼬리 달린 영장류나 음료수를 마시는 침팬지를 그린 옥외 광고판도 등장을 하고 있습니다. 어디 그뿐입니까. 경찰 오토바이에

'몽키빌 경찰'이라는 번호판이 붙고, 운송 트럭에도 '몽키빌 익스프레스'라는 글귀가 붙어있습니다. 이 재판이 공식화되면서 데이턴에서 가장 인기 있는 단어가 '원숭이'아닙니까. '데이턴'이라는 마을 이름보다 '몽키빌'이라는 이름이 더 익숙한 요즘인데, 어떻게 '진화론'을 모를 수 있겠습니까.

테일러 그럼 진화론을 주제로 설교를 하신 적이 없다는 말씀이십니까?

다니엘 네.

테일러 다시 한번 말씀드리지만 법정에서 거짓을 말하면 처벌 대상이 됩니다. 다시 묻겠습니다. 진화론을 주제로 설교를 하신 적이 없으십니까?

다니엘 주제로…

테일러 뭐라고요?

다니엘 주제로 설교하지 않았습니다.

테일러 그럼 다른 주제와 관련해 설교하셨습니까!

다니엘 그래요! 진화론을 믿지 말라고 설교했습니다. 목사로서 당연한 일 아닙니까!

정적이 흐른다.

테일러 다니엘 목사의 개인적인 판단으로 설교를 했습니까, 다른 이의 사주가 있었습니까!

브라이언   변호인은 본 재판에 대해 음모가 있다고 여기는 것입니까?

테일러   음모요? 합리적인 의심을 하고 있는 것입니다. 다니엘 목사에게 다시 묻겠습니다. 개인적인 판단입니까, 제3자의 개입이 있었습니까!

브라이언을 바라보는 다니엘.
다니엘의 시선을 무시하는 브라이언.

다니엘   개인적인 판단입니다. 다른 이의 개입은 없었습니다!

속을 쓸어내리는 브라이언.
브라이언을 노려보는 테일러.
테일러를 보며 미소를 짓는 브라이언.

테일러   존경하는 재판장님. 이 재판은 기획된 재판입니다. 진화론에 대해 부정적인 입장을 가진 배심원으로만 구성된 기획된 재판입니다. 이 재판에서 우리 변호인이 어떤 수를 써도 배심원들은 만장일치로 창세기의 손을 들 것입니다.

브라이언   변호인은 지금 법정을 모독하고 있습니다.

테일러   모독이라니요?

브라이언   본 재판장이 공정한 절차에 따라 선정한 배심원에 대해 의구심을 갖고 있습니다. 한 가지 묻겠습니다. 여기 테네시에서 그리고 이곳 데이턴에서 일반적인 진리는 진화론입니까, 창세기입니까?

테일러 무슨 말씀을…

스튜어트 지금 이 재판에 기소된 내용은 스콥스 씨가 반진화론 법안을 어겼느냐, 어기지 않았느냐입니다. 본 재판과 무관한 논쟁을 계속 벌이는 것은 소모적입니다.

휴스턴 원고 측 의견이 맞습니다. 자중하세요, 변호인.

테일러 법적으로 봤을 때 공정한 배심원단으로 보일지는 몰라도 이성과 사리를 따지자면 공명정대와는 거리가 먼 배심원단입니다. 하긴 이런 상황이 전혀 특이할 것도 없습니다.

휴스턴 무슨 말씀이시죠?

테일러 남부 지방에서 흑인 남성이 여성이 백인을 상대로 범죄를 저질렀다는 혐의로 법정에 섰을 때 흔히 접할 수 있는 아주 전형적인 배심원단의 형태로 여겨집니다. 이런 상황에서 백인으로만 배심원단이 구성되는 모습을 여러 번 보았습니다.

브라이언 배심원단에게 모욕적인 언사입니다, 변호인.

테일러 원고 측이 준비한 배심원단이죠?

브라이언 배심원단은 재판장님과 원고, 피고의 합의로 이루어진 것으로 알고 있습니다. 피고 측 변호인단도 합의하신 내용 아닙니까?

테일러 통보를 받았습니다. 배심원단이 이렇게 구성이 되었다, 라고.

스튜어트 통보라니요.

테일러   몇 주 동안 면밀히 검토해서 올린 12인의 배심원 명단 중 한 사람도 현재 배심원에 속해 있지 않습니다.

휴스턴   테네시 주 법원 관례상 이유를 밝히지 않고 배심원을 기피할 수 있는 피고인의 권리가 세 번까지 허용되는데, 피고인인 스콥스 씨가 기피 하지 않고 본 법원의 배심원 구성을 허용했습니다.

테일러   네?

말론   스콥스 씨, 사실이에요?

고개를 끄덕이는 스콥스.

테일러   무슨 이유죠? 왜 변호인인 저희에게 말씀하지 않으셨죠?

스콥스   기독교적 근본주의. 원리주의자라고 하죠. 제가 원리주의적 성향을 기피의 이유로 삼기 위해 배심원 후보의 배경과 신앙을 변호사님들과 조사하는 것은 본 법정에서 의미가 없다고 판단했습니다.

테일러   무슨 이유죠?

스콥스   배심원의 원리주의적 성향을 이유로 기피권을 행사하더라도 현지 판사가 그 자체만으로 배심원을 제외시킬 합당한 이유라고 받아들일 리 없으니까요.

브라이언   테일러 변호사. 생각을 해보시죠. 진화론과 상충하는 성경을 믿는다고 피고 측에서 기피하려 한다면 국가도 그 반대의 이유로 얼마든지 기피권을 행사할 수 있을 테고, 그런 식으로 가다 보면 이 세상 누구를 데려와도 문제가 될 수 있습니다.

테일러 (신경질적으로) 스콥스 씨. 이런 사안이 있었으면 저랑 상의를 하셔야 합니다. 아시겠습니까?

불만스럽다는 듯 고개를 끄덕이는 스콥스.

휴스턴 배심원단에 대한 이야기는 다 끝났습니까?

테일러 네.

휴스턴 (시계를 잠시 보더니) 휴정하겠습니다.

테일러 재판장님.

휴스턴 뭡니까?

테일러 휴정에 앞서 저희 측 증인 문제로 이야기를 나누고 싶습니다.

잠시 테일러를 응시하는 휴스턴.

테일러 이번 재판을 위해 역량 있고 박식한 학자들을 증인으로 많이 준비했습니다. 데이턴에서 인간의 사고와 정신적 발달에 중요한 도약이 이루어질지도 모릅니다. 어쩌면 지나치게 큰 바람일지도 모르지만 말입니다.

스튜어트 이봐요, 변호인. 저희 피고 측 증인의 자격에 대해서는 저희 원고 측 주장이 끝나고 요청하는 것이 순서 아닙니까?

고개를 끄덕이는 휴스턴.

스튜어트 재판장님. 저의 원고 측은 피고 측 증인에 대해 사전에 회의를 가졌습니다만, 결론은 진화론이 무엇인지 증언하거나 성경 또는 그런 식의 해석을 위해 이번 소송에 과학자들을 불러들이는 것은 부적합하다는 것입니다.

테일러 아닙니다! 꼭 필요합니다!

스튜어트 그 과학자들이 테네시 주 출신입니까?

테일러 아니요. 하지만 과학자들이 테네시 주 출신인지 아닌지는 진화론의 의미를 논하는 데 전혀 문제가 되지 않습니다. 과학은 어디서나 같으니까요.

스튜어트 존경하는 재판장님. 테네시 주민에게 자녀의 종교를 보호하는 법을 통과시킬 권리가 있다면 무엇이 해로운지 스스로 결정할 권리도 있습니다. 하지만 다른 주에 사는 전문가라고 불리는 양반들이 와서 테네시 주의 부모님들에게 무엇이 해로운지 알릴 필요가 없습니다.

브라이언 무엇보다!

인물들의 이목이 브라이언에게 집중된다.

브라이언 그 과학자라는 양반들이 진화론에 대한 견해와 진화론과 관련된 증거들을 중심으로 매우 편파적인 증언만 늘어놓을 겁니다. 반쪽 진실이 거짓보다 더 나쁠 때도 있습니다.

그들이 제시하려는 진화론은 반쪽 진실보다도 못합니다. 학교는! 우리 자녀들을 가르치는 것 외에도 지켜야 할 것이 분명히 있습니다!

잠시 생각에 잠기는 휴스턴.

휴스턴   변호인.
테일러   네!
휴스턴   유보하겠습니다.
다니엘   아멘!

다니엘과 함께 '아멘'을 외치는 배심원단 (=관객)

테일러   네?
휴스턴   한 시간 휴정하겠습니다.
테일러   이제 시작인데 휴정을 하시면….
브라이언   휴정이라잖아요, 변호인.

하이파이브를 하는 브라이언과 스튜어트.
반면 어두운 표정을 짓고 있는 스콥스와 피고 측 변호인들이다.
퇴장하는 휴스턴.
테이블을 정리하고 일어서는 브라이언과 스튜어트.
피고석에 다가가는 브라이언과 스튜어트.

말론 앞에 서는 브라이언.

브라이언을 바라보는 말론.

브라이언   이봐, 말론. 아니지 여기서는 변호사라고 불러야 하나. (혀
를 차며) 뉴욕 주지사 선거에서 낙선했다는 소문은 들었네.
280만 표 중에서 6만 표로 떨어졌다지?

말론   69,908 표입니다.

브라이언   아직까지 그렇게 감이 없어서야. 어떻게 뉴욕에서 노동당
을 엎고 나오다니. 그러니 이혼 전문 변호사나 하는 꼴 아
닌가. 그것도 부자들의 이혼만 다룬다지. 자네는 부자 편
인 거야, 노동자 편인 거야? 노선을 확실히 하라고 이 안
타까운 친구야.

스튜어트   아시는 사이입니까?

브라이언   그럼. 알다마다. 내가 국무부 장관으로 있을 때 이 친구가
국무부 차관이었거든. 윌슨 밑에서 선거 캠페인을 맡았었
지. 여기 테일러 변호사도 함께 윌슨 캠프에 있었지 아마?
그때는 보이지도 않았는데 말이야.

시선을 돌리는 테일러.

말론   장관님이 이 재판에 나설지 예상치도 못했습니다.

브라이언   미국의 명예가 달린 문제 아닌가. 진화론 따위의 난잡한
문제가 미국의 숭고한 정신을 뒤흔들고 있는 작금에 내가

나서야지. 이게 그냥 웃어넘길 일은 아니지 않나.

말론 장관님의 그 지독한 기독교 근본주의 때문에 제가 사표를 냈지요.

브라이언 지독하다라. 글쎄. 지독하다는 표현이 맞는 표현인지 모르겠네. 우리의 신을 저 우주 밖으로 몰아내려는 자네들이 더욱 지독한 것 같은데. (스콥스를 보면서) 선생이라는 자가 학생들에게 원숭이의 후손이라고 가르치다니. 그런 소리를 하면서 어떻게 학생에게 인간답게 행동하라고 가르칠 수 있겠나. 말세야, 말세.

스콥스 학생에게 증명된 과학을 가르치는 것이 왜 문제가 됩니까?

브라이언 이 친구 봐라. 당돌한 친구네. 아니지 멍청한 건가? 이봐, 젊은 친구. 주에서 원하지 않는 내용을 가르치면서 임금을 받는 것이 말이 된다고 생각해? 왜 말 같지도 않은 소리에 학생들을 희생시키나!

스콥스 희생이라니요?

브라이언 희생이 아니면 무엇이겠나. 자네가 떠드는 사탄의 말에 현혹당해서 조상을 원숭이라고 여기면서 사는 것이 자네의 낭설에 희생당한 삶 아닌가? (테일러와 말론에게) 자네들도 똑같아, 이 사람들아. 이딴 헛소리나 거들고 말이야. 이런 작자들이 어떻게 법을 운운하고, 정치를 하겠다는 거야? 이 정도 이슈면 됐어. 어차피 자네들 패배는 뻔하니까, 그만 물러서.

테일러 패배가 뻔하다니요!

브라이언   이 재판은 내가 법관 생활하면서 접한 소송 중에서 가장
             쉬운 재판이야. 뭐? 원숭이가 인류의 조상이라고? 우리 측
             에서 벌금을 최소한으로 부를 테니까 그만둬. 벌금쯤 내
             가 내주지. 이런 경범죄 벌금 얼마나 한다고.

테일러   이 문제는 단순한 경범죄에 대한 재판이 아닙니다! 이 재
             판은 미국의 미래에 대한…

브라이언   (테일러의 말을 자르며) 이봐, 테일러. 더 이상 이 재판의 내용
             을 창조론과 진화론의 대결이라는 헛소리로 확대하지 않
             았으면 하네. 이건 옛정이 있어서 하는 말이야. 이 사건은
             피고가 공립학교를 규제하는 테네시 주의 입법기관의 권
             한에 대한 도전이야. 자네들이 이렇게 나올수록 불리해질
             거야.

             퇴장하려는 브라이언과 스튜어트.

테일러   지지율 때문이겠죠.

             걸음을 멈추는 브라이언.

브라이언   뭐?

테일러   저번 선거에서 남부 지지율이 부족해서 낙선하셨다죠? 이
             재판에 참여하시는 이유가 테네시에서 정치적 입지를 다
             지시려는 것이죠?

브라이언 글쎄.

퇴장하는 브라이언과 스튜어트.

테일러 스콥스 씨는 이 재판에서의 패소를 당하는 것이 목적입니까? 아니면 저희 변호인들을 믿지 못하시는 겁니까?

스콥스 의심스럽습니다.

테일러 저희가요?

스콥스 아니요.

테일러 그럼 무엇이 의심스럽다는 겁니까?

스콥스 테일러 변호사님의 목적이요.

테일러 저의 목적이요?

스콥스 왜 이 재판의 변호사로 나서 주신 겁니까?

테일러 국가 차원에서 눈앞에 닥친 병폐에 맞서지 않는다면 원리주의자들의 악행이 멈추지 않을 것이라는 판단이 들었습니다.

스콥스 아니요. 제가 생각했을 때 변호사님은 변호사님의 명성을 떨치기 위해 이 재판에 나선 것 같습니다.

테일러 제가요? 왜 그렇게 생각하시죠?

스콥스 제가 원하는 것은 진화론은 과학적으로 증명된 완벽한 이론이라는 것을 여기 테네시 그리고 미국 전체에 알리는 것이 목적입니다. 하지만 진화론에 대한 설명은 부재하고, 변호사님들은 '반진화론 법안'의 위헌적 요소만 이야기하고 있습니다. 원고의 논리에 대한 흠결만 지적을 하기 바쁘시죠.

테일러 그래서 요지가 무엇입니까?

스콥스 진화론의 내용에 대해서 과학적 접근을 유도해서 이 재판을 접하는 모든 사람들의 이해를 돕는 것입니다.

테일러 그럼 애초에 승소가 목적이 아니었던 겁니까?

스콥스 승소요? 변호사 님은 이 재판에서 승소가 가능하다고 생각하십니까? 이 재판은 브라이언 검사의 말대로 패배가 뻔합니다. 이 재판정에서 판사는 물론이고, 배심원까지 원고의 편에 서 있습니다.

테일러와 스콥스 사이에 불편한 기류가 흐른다.

말론 걱정하지 마세요, 스콥스 씨. 지금처럼 기소 내용의 해석 범위를 확대하다보면 반진화론 법안의 위헌을 입증할 수 있고, 결국 승소할 수 있을 겁니다.

테일러 맞아요. 스콥스 씨 말대로 패배는 뻔합니다.

말론 변호사님!

테일러 하지만 승리할 것입니다. 저도 이 재판이 '상식'과 '비상식'의 대결이라고 생각합니다. 진화론과 창조론의 대결이 아니라 신의성실원칙과 부조리의 대결이라고 생각합니다. 저는 이 재판정에서 벌어지는 부당한 대우를 세상에 알릴 것입니다. 이 나라의 법치가 무너지는 꼴을 두고 볼 수 없습니다.

스콥스 네?

테일러 스콥스 씨 의견을 따라 진화론에 대한 과학적 타당성을 중심으로 재판을 이끌고자 했는데. 안되겠습니다. 더 이상 못 참겠습니다. 법관으로서 수많은 재판을 치르며 이런 모욕은 처음 느껴봅니다. (숨을 고르는 테일러) 종교적 광신에 눈이 멀고 과학적 논거에 완전히 귀가 먼 저 벌레 같은! (흥분을 가라앉히며) 저 벌레 같은 인간들한테 모욕을 주는 것이! 이 재판에 대한 진정한 승리입니다!

빠르게 암전.

#2-2. 기울어진 운동장 part 2

밝아지는 무대.

원고석에 앉아있는 브라이언과 스튜어트.

심각한 표정으로 신문을 읽고 있는 브라이언과 스튜어트.

브라이언 대중의 지성에 난폭하게 흠집을 내려는 무리?

스튜어트 새로운 미개인들?

브라이언 '학식이 있는 사람이라면 이 세상의 물리적 원칙을 인식하고 자신의 인생관에 접목시킬 수 있어야 합니다.'

스튜어트 '원리주의의 파렴치한 넌센스.'

브라이언 뭐? 누가 그런 소리를!

스튜어트 '조지 버나드 쇼'랍니다.

브라이언 버나드 쇼? 그 버나드 쇼?

스튜어트 네. 그 버나드 쇼.

브라이언 골방에서 글만 쓰더니 정신이 나갔나 보네.

스튜어트 '스콥스를 기소한 사람들이 재판 현장에서 교수형 당하는 모습을 보고 싶다.'

브라이언 그건 또 어떤 놈이야?

스튜어트 아서 키스랍니다.

브라이언 뭐하는 양반이야?

스튜어트 해부학자랍니다.

브라이언 해부학자? 사탄의 하수인이네.

스튜어트 학문의 자유를 제한하는 행위는 어떤 사회에서든 수치스러운 일입니다.

브라이언 뭐 수치스러워? 하나님의 가르침을 거부하는 것 이상으로 수치스러운 일이 있던가.

스튜어트 알버트 아인슈타인.

브라이언 아인… 슈타인?

스튜어트 네.

신경질적으로 신문을 구기는 브라이언과 스튜어트.

브라이언 괜찮아. 흔들리지 마, 스튜어트. 우리는 잘하고 있어. 말만 번지르르하지 실상 진화론에 대한 과학적 증거를 대지도 못하고 있잖아. 이번에 판사한테 확실하게 어필하자고. 학생들에게 진화론을 가르치면 신앙을 비롯해서 사회적 가치가 무너진다고. 그리고 아까 자네 의견을 뒷받침해서 성경을 믿는 다수가 공립학교 교과 지도 내용을 통제해야 한다는 점을 강하게 밀어.

스튜어트 비과학적이고, 반기독교적이고, 무신론, 무정부주의, 이단을 상징하는 합리주의적 학설을 가르치는 학설을 금지해야 한다.

브라이언 그렇지. 무엇보다 지금 테네시 주 반진화론법을 조롱하는 목소리가 널리 퍼질수록 다른 주에서도 유사한 법에 대한 대중의 지지가 약해질 거야. 최대한 저들이 피력하는 진화론이라는 말 같지도 않은 소리를 입 밖으로 내지 못하도록 몰아세워야 해.

스튜어트 같은 생각입니다, 장관님. 테네시 대학 학생들도 진화론 교육을 반대하는 법안이 통과되었다는 이유로 입법기관을 멸시하고 있다고 들었습니다. 말도 안 되는 일입니다.

브라이언 우리가 여기 테네시의 숭고한 법률을 지켜내자고!

스튜어트 계속해서 학교를 제재할 수 있는 입법부의 권한에 대해서 피력하고, 이 소송에 대한 해석의 여지를 줄인다면 이 소송은 이길 것입니다. 가능하다면 법뿐만 아니라 피고 측이 내세우는 '진화론'에 대한 의견도 무력화시켜서 도덕적 승리까지 쟁취해야 합니다.

브라이언 도덕적 승리라. 멋진 말이야. 이제 확실히 저들의 입을 틀어막자고. 이번 재판만 잘 끝이 난다면 당에서 자네 공천에 대해 이야기하겠네.

스튜어트 공천이요?

브라이언 법관으로 평생을 살 생각이야? 직접 법도 만들고 해야지.

스튜어트 감사합니다! 감사합니다!

브라잉너 뭘 이런 걸 가지고.

이때 등장하는 휴스턴 판사.

브라이언 (사람 좋은 인상으로 미소를 지으며) 편히 쉬셨습니까?

휴스턴 (브라이언에게 악수를 건네며) 그럼요, 장관님. 인사가 늦었습니다.

브라이언 아닙니다. 사람의 일이라는 것이 마음 같지 않죠.

휴스턴 이렇게 누추한 동네에 와주셔서 감사합니다.

브라이언 모든 것이 정의를 바로 세우기 위함이지요. 이번 재판을 원숭이 재판으로 비아냥거리는 사람들이 많은데 저는 가볍게 여기지 않습니다. 공립학교에서 하나님의 말씀을 과학자들의 추측으로 대체해버리려는 교사들의 성경에 대한 모독에 종지부를 찍어야 한다고 생각했습니다.

휴스턴 옳으신 말씀입니다.

브라이언 인간의 마음을 헤집는 두 가지 요소가 이번 재판에 달렸다고 생각합니다.

휴스턴 두 가지요?

브라이언 '자녀들의 교육'의 '종교'입니다.

휴스턴 (미소를 지으며) 역시 장관님이십니다. 장관님이 원고 측 검사로 오신다는 이야기를 들었을 때 얼마나 가슴이 뛰었는지.

브라이언 그래요?

휴스턴 그 있잖아요, '황금 십자가 연설'이요.

브라이언 벌써 29년 전 이야기입니다.

휴스턴 (브라이언의 말투로) 노동자에게 가시 면류관을 씌우지 말고, 인류를 황금 십자가에 못 박지 마라! 명연설이었습니다.

브라이언 그 연설로 민주당 대선 후보로 지명이 되었죠.

휴스턴 어디 그뿐입니까? 독과점 기업 규제와 노동자 권익 보호, 여성 참정권의 보장을 통한 완전한 보통선거! 그리고…

스튜어트 1일 8시간 근무제도 도입!

휴스턴 맞아요, 맞아요. 정말 훌륭한 업적을 많이 남기셨죠.

브라이언 모든 것이 우리 주 하나님의 놀라운 은혜 덕이라고 생각합니다. 저는 그저 하나님의 사역자로 맡은 일을 성실히 따른 것 뿐입니다.

휴스턴 오, 주여!

브라이언 (음흉한 표정으로) 판사님은 언제까지 판사로 지내실 생각이십니까?

휴스턴 무슨 말씀이신지…

브라이언 고향이 어디시죠?

휴스턴	저는 여기 테네시 주 남부에 있는 시골 동네 채터누가 출신입니다. 데이턴보다 더 작은 곳입니다.
브라이언	개천에서 용이 났네요.
휴스턴	개천만도 못한 동네인걸요.
브라이언	이렇게 훌륭한 분이 겸손하기까지. 더 숭고한 일을 하셔야겠네.
휴스턴	네?
브라이언	법을 수호하기보다 이 나라의 번영과 테네시 주의 미래를 위해 법을 만드는 일을 하시는 것이 어떻겠습니까?
휴스턴	(감격에 겨워하며) 장관님.
브라이언	이번 재판이 끝나면 당사에 갈 참인데 판사님에게 공천을 주는 것을 검토해보도록 하겠습니다.
휴스턴	감사합니다! 감사합니다!
브라이언	정장도 멋지게 맞추셨네! 이따가 재판 끝나고 기자들 앞에서 어깨 힘 딱 주고 멋진 포즈를 취하세요. 테네시 주 타임지 1면에 오를 겁니다.
휴스턴	정말 감사합니다!
브라이언	감사는 뭘. 다 하나님의 뜻입니다. 스튜어트!
스튜어트	네!
브라이언	재판의 결과는 불을 보듯 뻔하지만 세상을 구하려면 반드시 이겨야 해!

이때 브라이언과 같은 대사를 하며 등장하는 피고 측 일행.

테일러   (브라이언과 동시에) 재판의 결과는 불을 보듯 뻔하지만 세상
을 구하려면 반드시 이겨야 합니다!

눈을 마주치는 브라이언과 테일러.
브라이언 앞에 서 있는 휴스턴을 바라보는 테일러.

테일러   판사님이 검사 앞까지 무슨 일이십니까.

언제 그랬냐는 듯 싸늘한 표정을 짓는 휴스턴.

휴스턴   지나가던 길입니다.

헛기침을 하며 판사석으로 향하는 휴스턴.

#3. 원숭이 재판

각자의 자리에 위치한 휴스턴, 브라이언, 스튜어트, 테일러, 스콥
스, 말론.
각자의 자리와 차림새를 정돈하느라 약간의 정적이 흐른다.
옷차림을 가다듬는 휴스턴.
입을 크게 벌려 양 입꼬리 옆 하얗게 마른침을 닦는 브라이언.
원고석 위 테이블을 정리하는 스튜어트.

재킷을 벗고 옷 소매를 걷어 올리는 테일러.

불만스러운 표정으로 먼 산을 바라보는 스콥스.

피고석의 테이블 위를 정리하는 말론.

물을 한 모금 마시는 휴스턴.

원고 측 검사들과 피고 측 변호인들도 물을 마신다.

물을 내려놓고 원고 측과 피고 측에게 번갈아 시선을 주는 휴스턴.

휴스턴　다시 재판 시작하겠습니다.

브라이언　피고 측이 본 재판에서 피력하는 바는 우리 테네시 주의 신념인 복음주의와 충돌하는 진화론 교육에 대한 타당성과 '반진화론법'에 대한 위헌 소지입니다. 허나 본 재판의 요지는 공립학교 교사인 존 스콥스 씨가 인간이 하등동물의 후예라고 학생들에게 가르침으로써 테네시 주의 법 '반진화론법'을 위반했다는 것입니다. 오후 재판에서는 재판장님께서 피고 측이 발언하는 기소 내용과 전혀 관련 없는 내용에 대한 발언을 제재시켜 주시기 바랍니다. 이는 저희 원고 측의 입장이자 복음주의자로서 일생을 살아온 개인적 소명이기도 합니다.

다니엘　아멘!

다니엘과 함께 '아멘'을 외치는 배심원단 (=관객)

말론　존경하는 재판장님. 진화론과 구약 성경 간에 충돌이 있다고 생각하기는 하나, 이것이 진화론과 기독교 사이의 충돌이라고 생각지는 않습니다. (브라이언을 바라보며) 무엇보다 스스로에 대해 복음주의를 대표한다고 하는 브라이언 검사가 미국 기독교를 대변할 자격이 있다고 생각하지 않습니다.

브라이언 무슨 말씀이십니까?

말론 (서류 하나를 보이며) 이 서류는 저희 피고 측이 원고 측의 복음주의 대표를 자처하는 브라이언 검사의 종교적 견해를 일시적인 견해라고 판단하는 자료입니다. 이 문서는 브라이언 검사가 22년 전 토마스 제퍼슨의 종교자유법을 지지하기 위해 쓴 것으로, 반진화론 법안과 같이 종교 신앙을 강요하거나 장려하는 법을 부인하는 듯한 내용이 담겨 있습니다.

당황한 표정으로 입술을 마는 브라이언.

말론 따라서 본 재판의 피고를 대변하는 저희 변호인단은 오늘날 원리주의자로 신념을 굳힌 브라이언 검사에게 어제의 근대주의자 브라이언 검사의 처지에서 묻고 있는 것입니다.

이의를 제기하기 위해 다급하게 팔을 번쩍 드는 스튜어트.
하지만 브라이언이 스튜어트의 팔을 내린다.

스튜어트 (당황하며) 왜 그러십니까?

휴스턴에게 아무것도 아니라는 뉘앙스가 담긴 손사래를 친다.

브라이언 (애써 웃으며) 피고 측의 궤변입니다. (스튜어트에게) 그냥 무시해. 저런 말에 일일이 반응하면 꼴만 우스워진다고. 준비한 진술 시작해.

고개를 끄덕이는 스튜어트.

스튜어트 저희 원고 측 진술 시작하겠습니다. 저희는 이번 재판을 준비하며 교육감인 화이트 씨를 만났습니다. 화이트 씨의 증언에 따르면 스콥스 씨가 생물 과목 수업 시간에 헌터의 진화론적 견해가 담긴 '도시 생물학'이라는 서적의 내용 중 인류진화론에 대해 가르친 것을 스콥스 씨 본인 인정했다고 증언했습니다. (스콥스에게) 피고, 사실입니까?

테일러 이의 있습니다! (농담 섞인 어조로) '도시 생물학'은 교과위원회가 테네시 주의 공립학교에서 수업 중 사용할 수 있도록 공식적으로 채택한 교과서입니다. 그렇다면 '도시 생물학'을 판매하는 것은 위법한 행위에 대한 방관으로 여겨 마땅하지 않나요?

스튜어트 법에서 가르치지 말라고만 했지 팔지 말라고 한 건 아니지 않나요?

다니엘　아멘!

다니엘과 함께 '아멘'을 외치는 배심원단 (=관객)
방청석의 다니엘을 노려보는 테일러.
점점 감정적으로 치닫는 분위기로 변한다.

브라이언　그놈의 진화론, 진화론.

브라이언을 주목하는 일동.

브라이언　하나님께서 어느 날 바다에 뭔가를 던져놓고 '6만 년 후에 이걸로 뭔가 만들 것이다'라고 했다는 식의 이야기보다 창세기가 더 그럴싸하지 않습니까?

테일러　무슨 말씀이십니까?

브라이언　존경하는 휴스턴 재판장님. (재킷을 벗으며) 저 피고석의 양들이 테네시 주민들이 맹렬히 비난하고 법으로 금지한 행위를! 미화하면서! 법을 짓밟고 있는 저 악랄한 시도를 간과해서는 안 됩니다! 진화론 교육이 비난받는 이유는 사회도덕을 저해하기 때문입니다. 우리는! 우리 기독교인은 인간이 저 높은 곳에서 왔다고 믿지만, 진화론자들은 인간이 땅에서 왔다고 믿습니다. (방청객에게) 여러분! 이 진화론이라는 것이 이해가 되십니까? 하지만 하나님의 말씀은 전문가 없이도 이해가 가능합니다!

다니엘   (큰소리로) 아멘!

다니엘과 함께 '아멘'을 외치는 배심원단 (=관객)
언성이 잔뜩 높아지는 재판정.

테일러   네로가 박해와 법률로 기독교를 말살하려고 했다면 이 재판의 원고 측은 법률로 깨우침의 길을 막고 있습니다!

브라이언   무슨 소리를 하는 거야! 당신들은 이 세계의 숭고한 도덕을 저 바닥까지 끌어내리고 있지 않나!

테일러   우리에게 과학적으로 입증 가능한 지식이 없었다면 여전히 마녀사냥을 하고, 지구가 둥글다고 말하는 이들을 처형하고 있을 겁니다!

브라이언   재판장님! 기소 사실의 진위여부가 명백한 사건 임에도 불구하고! 피고가 이 재판을 진행하는 이유는! 이 땅에서 하나님의 말씀을 몰아내기 위함이라고 밖에 판단되지 않습니다! 저들은 결투를 다짐하고 온 것입니다! 신에 대한 결투 말입니다!

테일러   맞습니다. 브라이언 검사님의 말씀대로 이 재판은 아주 방대한 문제를 다루고 있습니다. (강한 어조로) 우리 피고 측 변호인들은 그 문제를 다루기 위해 여기까지 왔습니다. 결투를 위해! 그래서 우리 피고 측은 유일한 무기인 진화론의 정확성 하나로! 이 진화론의 정확성을 증언해줄 과학자를 데리고 왔는데 이 재판은 우리의 유일한 무기마저

앗아갔습니다!

휴스턴　(신경질적으로) 그만, 그만!

조용해지는 재판정.

휴스턴　양쪽 모두 자중하세요!

테일러　우리는 과학을 믿습니다. 우리는 지성을 믿습니다! 우리는 미국의 근본적인 자유를 믿습니다! 우리는 이 땅의 정의를 믿습니다! 올바른 법과 온당한 절차! 피고를 위한 공정함을 시행하는 의미에서 증인 채택을 허락해주실 것을 재판장님께 요청합니다! 정의를 위해서.

테일러의 말에 감동한 듯 박수를 치는 말론.

스튜어트　(싸늘하게) 무엇을 증명하기 위한 증인입니까?

테일러　무슨 뜻입니까?

스튜어트　그 과학자가 나와서 무엇을 증명하냐는 질문입니다.

테일러　그야 당연히…

스튜어트　(테일러의 말을 자르며) 그들은 진화론이 단지 신께서 인간을 만든 방법이라고 말할 겁니다. 그들이 증인으로 재판에 서도 우리 원고 측은 상관없습니다. 왜냐. 테네시 주의 법은 진화론을 가르치지 말라고 말하고 있습니다. 과학적 탐구에 참여할 권리는 누구에게나 있습니다. 하지만 과학이 인간에게 영원이라는 희망을 주는 원천을 공격한다면 인간의 문명 기반이 무너지는 결과로 이어질 것입니다. 자녀들의 영혼을 좀먹는 과학은 내쳐야 한다는 뜻입니다. 이해되십니까, 테일러 변호인? (두 팔을 벌려 신앙을 고백하듯) 다들 이번 재판이 종교와 과학 간의 싸움이라고 합니다! 그렇다면 이 자리에서 전능하신 하나님의 이름을 걸고 공표하건데, 저는 종교의 편에 서겠습니다! 현세 뒤에 영원한 행복이 제 자신과 다른 사람들을 기다리고 있을 것이라 믿습니다! (매서운 눈빛으로 테일러를 노려보며) 피고 측이 준비한 변론은 우리 문명과 하나님의 숭고한 뜻을 갈기갈기 찢기 위한 사탄의 소리입니다!

다니엘　아멘!

　　　다니엘과 함께 '아멘'을 외치는 배심원단 (=관객)
　　　박수를 치는 브라이언.

휴스턴　변호인. 피고 측이 준비한 증인이 재판에 선다면 원고의 심문에도 응할 것이라 봐도 되는 겁니까?

　　　대답을 망설이는 테일러.

휴스턴　그 증인은 기독교인입니까?
테일러　그렇습니다. 과학자이면서 신앙심을 가진….

브라이언   (테일러의 말을 끊으며) 그런 그들이 우리 원고 측 심문을 통해 동정녀 탄생과 그 밖의 기적을 믿지 않는다는 사실을 만천하에 고백하게 될 것입니다. 그래도 괜찮습니까?

대답을 망설이는 테일러.

브라이언   교육의 자유라는 대의명분이 승리하기 위해서는 성경에 쓰인 기적에 대해 의심하지 않는 지식 있는 교인들의 지지가 절실하다는 것이 우리 원고 측의 의견입니다.

말론   증인을 심문하려는 목적이 무엇입니까?

브라이언   당연히 진실을 확인하려는 것입니다.

말론   이 재판에서 단 한 번이라도 진실을 확인하려 노력한 적이 있었나요?

휴스턴   지금 변호인의 말이 법정을 모독하려는 의도가 아니기를 바랍니다.

스튜어트   재판장님. 본 재판의 내용과 무관한 내용에 대한 증언을 위한 증인입니다. 피고 측의 증인 출석에 대한 요구, 기각해주시기를 바랍니다.

브라이언   기각해주시기 바랍니다.

휴스턴   기각하겠습니다.

테일러   이런 씨발!

스튜어트   씨….

브라이언   발…?

정적이 흐르는 재판정.

당황한 기색의 원고 측 검사들과 휴스턴 그리고 말론과 스콥스다.

모든 동작과 표정의 움직임이 굳는 배우들.

아무 표정 없이 무대 중앙에 서는 스콥스.

울창한 숲속의 나무들이 바람에 흔들리는 소리가 울리고

이어 원숭이 떼가 울부짖는 소리가 곳곳에서 들린다.

이내 짙은 녹색으로 물드는 무대.

무대 위 인물들의 실루엣만 보인다.

스콥스의 허리가 굽어가기 시작하더니 원시 인류의 모습으로 변한다.

이어 휴스턴은 판사석 위로 브라이언과 스튜어트는 원고석 위로 기어 올라간다.

피고 측 변호인들도 피고석 위로 기어 올라간다.

서로가 서 있는 위치에서 반듯하게 서는 배우들.

모든 동작이 스산한 분위기를 자아낸다.

점차 허리가 굽어지더니 원시 인류의 모습으로 점점 변해간다.

홀로 원숭이의 움직임으로 무대를 휘젓더니

관객 앞에 서서 원숭이 소리를 내는 스콥스.

스콥스의 울부짖음을 신호로

자리에서 벗어나 원숭이의 움직임으로 원숭이 소리를 내며 무대를 휘젓기 시작하는 배우들.

반면 서서히 허리를 곤두세우는 스콥스.

무대를 천천히 걷기 시작하는 스콥스.

과격한 움직임과 함께 원숭이 소리를 내며 무대를 휘젓는 브라이언.

테일러와 말론에게 사나운 기세를 뿜어낸다.

브라이언과 함께 테일러와 말론에게 소리를 치는 스튜어트와 휴스턴.

이에 질세라 브라이언과 스튜어트 그리고 휴스턴에게

원숭이처럼 소리치며 맞붙는 테일러와 말론이다.

사나운 기세를 보이며 테일러와 말론의 주위를 맴도는 브라이언, 스튜어트, 휴스턴.

테일러와 말론을 몰아세운다.

저항하는 듯 움직이는 테일러와 말론.

성경을 무기 삼아 휘두르기 시작하는 브라이언과 스튜어트.

무대 전체를 한 바퀴 돈 후 피고석에 놓인 자신의 자리에 앉는 스콥스.

테일러와 말론에게 브라이언이 성경을 던지려는 찰나.

모든 소리가 사라지고, 모든 배우들은 동작을 멈춘다.

※

이 모든 과정은 지금까지의 내용을 인간의 언어가 아닌

원숭이의 언어와 움직임으로 빠르게 그리고 함축적으로 표현된다.

스콥스 인간의 조상이 원숭이와 같은 짐승에게서 비롯되었다는 것은 틀림없는 사실입니다.

천천히 허리를 곤두세우는 배우들.
다시 재판정의 분위기로 돌아오는 무대.

휴스턴 지금 뭐라고 하셨습니까?

스스로에게 당황한 테일러.

테일러 죄, 죄송합니다. 말이… 말이 헛나갔습니다.

테일러를 비웃는 브라이언과 스튜어트.

브라이언 괜찮습니다. 감정이 격해지면 그럴 수 있죠. 이해합니다.

더 큰소리로 비웃는 브라이언.

테일러 재판장님.
휴스턴 뭡니까?
테일러 마지막으로 요청하겠습니다.
휴스턴 이미 기각을…
테일러 피고 측 증인으로 원고 측 검사인 브라이언을 요청합니다.

술렁이기 시작하는 재판정.

휴스턴 (브라이언의 눈치를 보며) 장관님, 아니지 원고 측 검사를 요…?

브라이언에게 집중되는 시선.

브라이언 콜. 대신 조건이 있습니다.

휴스턴 말씀하세요.

브라이언 제가 증인으로 서서 피고 측의 심문이 끝난 후에 피고 측 변호사인 저 두 사람. 테일러와 말론도 저희 원고 측 증인 이 되어주는 겁니다.

휴스턴 두 명을 다 말입니까?

브라이언 저들은 이 사건에 대한 재판을 위해 이곳에 온 것이 아닙 니다. 우리의 계시 종교를 재판하기 위해 온 것입니다. 그 리고 저는 우리의 기독교와 우리 주 하나님의 말씀을 변 호하기 위해 이 자리에 온 것입니다. (테일러에게) 이 조건 수용하시겠습니까?

테일러 콜!

휴스턴 (걱정 가득한 표정으로) 두 분의 의견 수용하겠습니다.

스튜어트 (브라이언에게) 장관님. 안 됩니다. 증언하시면 저들의 계략 에 넘어가는 것입니다.

브라이언 괜찮아. 테일러 변호사가 홧김에 한 소리잖나. 무엇보다 우리 측에게 유리한 거래 아닌가. 하나를 내주고 둘을 얻는 게 확실한 거래야. 남는 장사 아닌가.

스튜어트   그렇기는 하다만…

브라이언   걱정 마.

무대 중앙으로 나오는 브라이언과 테일러.

휴스턴   (브라이언에게) 괜찮으시겠어요, 장관님?

브라이언   괜찮습니다.

테일러   그럼 증인에 대한 심문을 시작하도록 하겠습니다.

브라이언   얼마든지.

테일러   증인은 본인 스스로 인정하기를 복음주의가 평생의 신념이라고 말씀하셨습니다. 맞습니까?

브라이언   네, 맞습니다. 저는 삶에서 중대한 문제를 마주했을 때, 언제나 성경에서 알맞은 해답을 찾았고, 제 모든 행위의 명분에서 비롯되었습니다. 인간은 신의 형상을 본떠 창조된 특별한 존재임이 분명하다고 생각하기에 신의 말씀 속에 마땅히 따라야 하는 진리가 있다고 생각합니다.

테일러   그럼 성경에 대해 상당한 공부를 하셨겠네요.

브라이언   네. 노력했습니다.

테일러   그럼 성경에 나오는 모든 이야기를 글자 그대로 해석하십니까?

브라이언   맞습니다. 저는 성경에 나오는 모든 이야기를 성경에 있는 그대로 받아들여야 한다고 믿습니다. 예를 들어서…

테일러   (브라이언의 말을 자르며) 그럼 구약의 요나서에서 고래가 요나를 삼켰다는 내용도 글자 그대로 해석을 하십니까?

브라이언   (당황하며) 네?

테일러   대답해주세요. 고래가 요나를 삼켰다는 내용을 그대로 믿으십니까?

브라이언   제가 성경을 읽을 때는 큰 물고기였지 고래가 아니었습니다.

테일러   그럼 큰 물고기가 요나를 삼키고 거기에 사흘간 있었다, 그리고 다시 육지로 올라왔다. 그럼, 그 큰 물고기는 요나를 삼키기 위해 만들어졌다고 믿습니까?

브라이언   글쎄요. 다만 성경에 그렇게 명시되어 있는 거죠.

테일러   그러면 그 물고기가 보통의 물고기인지, 요나를 위해 만든 물고기인지 모른다는 말이죠?

브라이언   확답을 드리기 어렵습니다.

테일러   왜죠?

브라이언   진화론자인 테일러 변호사님은 추측이라는 것을 하겠지만, 저는 추측을 하지 않습니다.

테일러   그 물고기가 사람을 삼키기 위해 특별히 창조된 물고기인지 모르신다는 거죠?

브라이언   성경에서 말하고 있지 않기 때문에 알 수 없습니다.

테일러   그럼 신이 만들었다는 것은 믿으시나요?

브라이언   네.

테일러   그럼! 요나가 그 큰 물고기의 배 속에서 사흘 동안 살았습
         니까?

브라이언 그렇습니다. 성경은 사흘로 명시를 하고 있습니다.

테일러   고래 배 속에서 사람이 사흘 동안 사는 것이 가능한 일이
         라고 생각하십니까? 저는 믿기 어려운데요?

브라이언 무신론자인 테일러 변호사는 믿기 어렵겠지만 저한테는
         쉬운 일입니다. 인간의 영역을 뛰어넘어 생각하면 기적의
         영역 안에 들어가게 되고, 요나의 기적은 성경에 쓰인 다
         른 기적만큼 믿기 쉬운 일입니다.

다니엘   아멘!

         다니엘과 함께 '아멘'을 외치는 배심원단 (=관객)

테일러   성경의 다른 내용에 대해서도 같은 대답을 하실지 궁금합
         니다.

브라이언 그 어떤 질문을 하셔도 제 믿음은 동일합니다. 성경의 모
         든 기적을 믿을 수 있는 근원은 온전히 신앙의 힘입니다.
         신앙의 힘이 있다면 모든 기적에 대해 어렵지 않게 믿을
         수 있습니다.

테일러   창세기를 보면 하나님이 지구가 아닌 태양을 멈추게 해
         하루를 늘렸다고 하는데, 이 대목도 믿고 계신가요?

브라이언 믿습니다.

테일러   그럼 창세기에서 태양이 4일째에 만들어졌다고 하는데,

그렇게 생각하십니까?

브라이언   네. 그렇습니다.

테일러   그러면 그전에는 태양도 없이 아침과 저녁이 존재했던 건 가요?

브라이언   저는 성경에 적혀 있는 대로 창조를 믿습니다. 설명을 제 대로 못 한다 하더라도 저는 그렇게 믿습니다.

테일러   지구가 자전을 멈춘다면 어떤 일이 벌어지는지 알고 계십 니까?

브라이언   잘 모르겠습니다.

스튜어트   재판장님. 지금 피고 측은 증인을 심문함에 있어서 본 재 판과 전혀…

브라이언   (스튜어트의 말을 자르며) 스튜어트!

브라이언을 애처롭게 바라보는 스튜어트.

브라이언   걱정 말게. 나는 지금 미국에서 손꼽히는 무신론자에 맞 서 하나님의 말씀을 보호하고 있는 거야.

스튜어트   장관님…

브라이언   (테일러에게) 계속 하시죠.

미소를 짓는 브라이언.
분한 표정으로 브라이언을 노려보는 테일러.

테일러 노아의 홍수 이야기도 문자 그대로 해석되어야 한다고 믿습니까?

브라이언 네.

테일러 홍수가 언제였습니까?

브라이언 모르겠습니다.

테일러 기원전 4004년경이 맞습니까?

브라이언 그것은 몇 사람이 추정한 것으로 현재 그렇게 받아들여지고 있습니다. 하지만 저는 그 추정이 정확하다고 말하지 않겠습니다.

테일러 당신은 이브가 아담의 갈비뼈로 만들어졌다고 믿습니까?

브라이언 물론입니다.

테일러 뱀이 이브를 유혹한 벌로 평생 기어 다니게 됐다는 데, 벌 받기 전에 뱀은 어떻게 다녔죠?

브라이언 (잔뜩 화를 내며) 재판장님! 지금 테일러 변호사는 성경을 비방하기 위해서만 질문을 하고 있지 제대로 된 변론을 할 생각이 없습니다!

테일러 대답하세요! 뱀이 신에게 벌을 받기 전에 어떻게 움직였습니까!

대답을 못하는 브라이언.

테일러 하나 더 질문하겠습니다.

스튜어트 (벌떡 일어나 큰소리로) 그만 하세요!

테일러 (스튜어트에게) 아직 질문이 남았습니다! (브라이언에게) 브라이언 검사님은 카인과 아벨을 아실 겁니다. (주위를 둘러보면서) 여기 계신 모두 아시죠, 카인과 아벨.

스튜어트 이것 보세요, 변호인!

브라이언 아담과 이브의 두 아들로….

테일러 (브라이언의 말을 자르며) 맞습니다. 두 아들. 아담과 이브 사이에 딸이 있었습니까?

다니엘 (벌떡 일어나 큰소리로) 무슨 정신 나간 소리를 하는 거야!

테일러 (다니엘을 무시하고 브라이언에게) 아담과 이브 사이에 딸이 있었습니까?

브라이언 아니요.

테일러 그렇다면 카인은! 어디서 아내를 데리고 왔습니까?

당황스러움과 분함이 고스란히 묻어있는 브라이언.
하지만 아무 대답도 하지 못한다.
다니엘도 가만히 생각을 하더니 아무 말 없이 자리에 앉는다.
스튜어트도 어쩔 도리가 없다는 듯 자리에 앉는다.
옅은 미소를 짓고는 다시금 정색하는 테일러.

테일러 브라이언 검사님은 지구의 나이가 얼마나 됐다고 생각하십니까?

브라이언 (감정을 억누르며) 천지창조에 따르면 한 6,000년 됐습니다.

테일러 석기시대를 생각하지 않더라도 이집트나 중국의 문명은

6,000년 이상이라는 것이 증명되고 있습니다. 알기나 하십니까?

화는 나지만 대답하지 못하는 브라이언.

테일러   (비꼬듯이) 브라이언 검사님은 정말로 하나님이 지구를 6일 동안 창조했다고 믿나요?

더 이상 참을 수 없다는 듯 잔뜩 화가 난 걸음으로
테일러 앞에 다가가는 브라이언.

브라이언   (신경질적으로) 나는 성경에서의 하루가 24시간의 하루를 의미할 필요가 없다고 생각합니다! 하루는 일 년! 아니 천 년을 의미할 수도 있습니다. 우리가 믿는 하나님은 지구를 6일 동안 만들었건! 6년 동안 만들었건! 더 나아가서 6백만 년! 6억 년 동안 만들었던! 전지전능하신 하나님이 천지를 만드셨다고 믿습니다!

테일러   하루의 의미를 해석하셨네요?

브라이언   (잔뜩 화난 투로) 이봐요! 어떤 바보가 성경의 구절을 그대로 믿습니까!

재판정에 흐르는 정적.

스튜어트　자, 장관님….

자신이 실수했음을 깨닫는 브라이언.
옅은 미소를 짓는 테일러.

테일러　여러분이 방금 들으신 것처럼, 이것이 원리주의, 기독교 근본주의의 한계입니다. 성경은 과학이 아닙니다. 해석을 필요로 하는 넌센스입니다. 하지만 진화론은 과학입니다. 입증이 가능한 과학입니다. 이상입니다.

피고석으로 돌아가는 테일러.

스튜어트　(다급하게) 재판장님! 방금 장관님, 아니 증인의 증언은 이 재판의 기소 내용을 비롯해서 재판의 판결에 그 어떤 새로운 사실도 제공하지 못합니다. 스콥스 씨가 인간이 하등동물의 후손이라고 가르쳤는지 아닌지를 판가름하는 것이 이 재판의 사안입니다, 그러니까…

브라이언　됐어. 가만히 있어, 스튜어트. 끝났어.

스튜어트　그래도…

브라이언　(큰 소리로) 됐다잖아! 내가! 내가 됐다잖아!

휴스턴　원고 측 검사. 피고 측 변호사를 증인으로 세우시겠습니까?

브라이언　(화를 추스르며) 아닙니다. 괜찮습니다.

휴스턴　피고 측. 더 하실 말 있습니까?

테일러   없습니다.

휴스턴   그럼 최후 변론하시겠습니까?

브라이언   괜찮습니다.

테일러   끝났네요. (매서운 눈으로 주위를 살피고는) 이제 피고에게 유죄 판결을 내리시죠?

휴스턴   네?

테일러   방청객에 계신 배심원분들이 피고에게 무죄 평결을 내릴 만큼의 아량이 있다고 생각하지 않습니다. 그리고 (휴스턴과 브라이언, 스튜어트 그리고 방청객을 빙 둘러보고는) 이렇게 불합리하고, 공정하지 않은 재판정에서는 더더욱… 무죄선고에 대한 기대도, 요구할 생각도 없습니다. (박수를 치며 브라이언에게) 축하드립니다. 저희가 진 것 같군요.

테일러를 노려보는 브라이언.

휴스턴   그럼 배심원 평결을 위한 배심원단 회의를 진행토록 하겠습니다. 잠시 휴정하겠습니다.

말론   예상대로네요. 저는 잠시 화장실 좀.

퇴장하는 말론.
서서히 어두워지는 무대.
피고석에 남은 스콥스와 테일러만 비추는 부분조명.

스콥스   왜.

걸음을 멈추는 테일러.

스콥스   왜 진화론의 내용에 대해 아무 말씀도 안 하세요?

테일러   네?

스콥스   이 재판의 목적은 창조론을 비방하는 것도, 브라이언 검사에게 모욕을 주기 위함도, 변호사님의 능력을 자랑하기 위함도 아닙니다! 진화론을 알리는 것이 이 재판의 유일한 목적입니다. 저희 앞에 진화론에 대한 내용이 이렇게 쌓여있는데…

테일러   (스콥스의 말을 자르며) 스콥스 씨. 스콥스 씨는 인간이 무엇이라고 생각하십니까?

스콥스   네?

테일러   야만적이고 동물적인 사고방식과 생존양식에서 벗어나, 문명을 이룩하고 과학의 발전을 거듭한 끝에, 지구상에서 유일무이하게 전지전능하고! 훌륭한 도덕성과 지성을 갖춘 유일한 생명체가 지금의 인간이라고 생각하십니까? (짧은 사이) 인간도 (숨을 한번 내쉬고는) 동물입니다.

스콥스   무슨 말씀을…

테일러   다 생존을 위해 선택을 하는 것 뿐입니다. 이 재판이 스콥스 씨에게 어떤 의미일지 모르겠지만, 저에게 있어서는! 제 몸값을 올릴 수 있는 재판이다, 이 말입니다. 아시겠습니까?

스콥스의 귀에 다가가는 테일러.

테일러   (귓속말로) 그러니까 가만히 계세요. 어디 선생 따위가 건방
지게 변호사를 가르치려 듭니까.

다시 밝아지는 무대.
아무 일도 없었다는 듯 여유로운 미소를 짓는 테일러.
떨리는 숨을 길게 내뱉는 스콥스.
다시 등장하는 말론.

휴스턴   다니엘 목사님. 평결 준비되셨습니까?
다니엘   네.
휴스턴   (시계를 보더니) 예상했듯 오래 걸리지 않았군요.

미소 짓는 스튜어트.

휴스턴   평결 내용 제출해 주시기 바랍니다.

평결 내용을 살펴보는 휴스턴.
객석을 비집고 무대 중앙을 통해 휴스턴에게 다가가는 다니엘.
휴스턴에게 다가가며 피고석의 사람들을 한 번 비웃고 간다.

다니엘 (평결 내용이 담긴 서류를 휴스턴에게 공손한 자세로 주며) 존경하는 휴스턴 재판장님! 평결 내용입니다!

휴스턴 (서류를 받으며) 고생하셨습니다, 다니엘 목사님.

다니엘 (피고석을 가리키며) 저 사탄의 개들에게 정의의 심판을 내려주세요!

말론 사탄의 개라니요!

스튜어트 재판 결과가 말해주겠지. 당신들이 사탄의 개라는 것을.

말론 이것 보세요, 스튜어트 검사님! 말씀 다 하셨습니까?

자리로 돌아가는 다니엘.

피고석 앞에서 걸음을 멈추는 다니엘.

다니엘 (두 눈을 질끈 감고 기도하는 자세를 취하고는) 주여, 죄는 미워하되 사람은 미워하지 말라는 주님의 가르침에 따라 배심원단의 어린 양들은 이 자들은 용서하지만, 천지를 만드신 주님의 전지전능함을 욕보인 죄만 법정에서 심판하였나이다. 이들에 대한 심판은 권능의 하나님께서 성령의 이름으로 하시겠으나, 이 어린 양이 하나 바라옵건대, 이는 어리석음에서 비롯된 죄입니다. 다만 이들을 악에서 구원해주시고! 주님의 큰 뜻을 헤아릴 수 있는 지혜의 길로 인도해 주시기를 간절히 바랍니다, 아멘!

콧방귀를 뀌는 테일러.

테일러　죄는 미워하되 사람은 미워하지 말라.

테일러는 노려보는 다니엘.

테일러　하나님의 가르침이 아니고 아우구스티누스가 한 말입니다. 그리고 심판은 하나님이 아니고, 저기 앉아계신 휴스턴 판사님이 합니다.

다니엘　아우구스티누스의 입을 통해 하나님이 말씀하신 것입니다. 마찬가지로 여러분에 대한 심판도 휴스턴 판사님께 지혜를 내려주신 하나님의 뜻입니다.

테일러　(귀찮다는 듯) 네, 알겠습니다. 배심원단 대표님!

다니엘　우리의 주님은 인자하십니다. 여기를 벗어나서서 부디 회개의 기도를 하시기 바랍니다. 그것이 주님의 노여움을 푸는 유일한 방법입니다.

어이없다는 듯 다니엘을 바라보는 피고석의 사람들.
자리로 돌아가는 다니엘.
평결 내용을 확인 마친 휴스턴이 고개를 들면
모두 휴스턴을 주목한다.

휴스턴　그럼 선고하겠습니다. 본 재판은 공립학교에서 성경이 가르치는 창조론을 부정하며, 인간이 하등동물로부터 유래했다는 학설을 가르친 존 스콥스 교사에게 공법 제31428

호. 경범죄에 해당하는 '반진화론 법안'을 어긴 것에 대하여 (짧은 사이) 벌금 100달러를 선고합니다.

판사의 망치를 세 번 두드리는 휴스턴.

다니엘　(환호를 지르며) 아멘!

다니엘 외에 재판정 그 누구도 기뻐하지 않는다.
자리를 정리하는 테일러와 말론.
재판정으로 등장하는 다니엘.
판사에게 고개 숙여 인사를 하고는 원고석으로 다가가는 다니엘.

다니엘　(브라이언에게 악수를 건네며) 고생하셨습니다.
브라이언　(떨떠름하게 악수를 받으며) 고생은 무슨.
다니엘　이 땅에 하나님의 정의가 바로 섰습니다. 고생하셨습니다.
브라이언　고생하셨습니다, 목사님.

브라이언과 스튜어트에게 고개 숙여 인사를 하는 다니엘.

다니엘　그럼 또 뵙겠습니다!

퇴장하려는 다니엘.
걸음을 멈추고 뒤돌아 피고석을 정색하며 바라보는 다니엘.

다니엘 (손가락으로 테일러를 지목하며) 꼭 회개하세요. (정색을 풀고 웃으며 브라이언에게) 가보겠습니다. 고생하셨습니다!

퇴장하는 다니엘.
판사석에서 내려오는 휴스턴.
원고석의 브라이언에게 다가가는 휴스턴.

휴스턴 (음흉하게 웃으며) 그럼 소식 기다리고 있겠습니다.

퇴장하는 휴스턴.
원고석 위를 정리하는 스튜어트.

브라이언 망신, 망신! 이런 망신을 당하다니!
스튜어트 그래도 저희가 이겼잖아요.
브라이언 뭐? 이겨? 이건 우리가 진 거야. 어디서 얼굴도 못 들고 다닐 거야.

브라이언에게 다가가는 테일러와 말론.

스튜어트 할 말이 더 있습니까?
테일러 참 어려운 일을 해내셨습니다, 장관님.
브라이언 뭐?
테일러 한 개의 주가 아메리카를 웃음거리로 만들고, 한 개인이

미국이 과연 제대로 된 문명의 혜택을 받은 국가인지 의심이 가게 만드는 것을 목격하는 것은 보통 어려운 일이 아니죠. 이 어려운 것을 해냈습니다. 테네시 주와 브라이언 장관님이. 그것도 동시에.

브라이언　(모욕을 느꼈다는 듯) 뭐?

테일러　종교를 가진 자들이 느끼는 두려움이 있죠.

테일러를 매섭게 노려보는 브라이언.

테일러　믿을 수밖에 없는 처지에서 자신의 믿음을 증명하지 못하는 두려움. 저는 아까 장관님의 눈에서 그 두려움을 목격했습니다. 유감입니다.

말론　고생하셨습니다.

퇴장하는 테일러와 말론.
퇴장하려 자리에서 일어서는 브라이언과 스튜어트.

브라이언　저 새끼는 사탄의 하수인이 아니야! 사탄이야! 지옥에 떨어질 놈! 도대체 이 사건 고소한 사람이 누구야?

스콥스　(피고석에 앉아 나지막하게) 접니다.

브라이언　뭐?

스콥스　제가 이 사건을 기소했습니다.

스튜어트　그럼 당신이 당신 스스로를 고소한 겁니까?

브라이언　기획 재판을 벌인 거네.

스콥스　원고 측도 판결내용까지 기획하신 것 아닙니까?

브라이언　뭐?

스튜어트　왜 그랬습니까?

스콥스　뱀을 억누르기 가장 적절한 시기는 꿈틀거리기 시작할 때
　　　　　라죠?

브라이언　그래서? 진화론이 짓밟히는 꼴을 볼 수 없어서?

스콥스　네. 저는 이 나라가 진화론을 받아들일 정도의 문명을 갖
　　　　　췄다고 생각했습니다. 그런데…

브라이언　그런데?

스콥스　오늘 재판을 지켜보니 멀었다는 생각이 듭니다. 그것도
　　　　　한참.

스튜어트　이만 나가시죠.

　　　　　퇴장하는 브라이언과 스튜어트.
　　　　　걸음을 멈추는 브라이언.

브라이언　이봐 젊은이.

　　　　　뒤돌아 스콥스를 바라보는 브라이언.

브라이언　우리가 원숭이에서 진화를 했다고?

말없이 브라이언을 바라보는 스콥스.

브라이언 틀렸어. 우리는 아직도 원숭이야. 진화는 애초에 성립할
수가 없는 단어야.

퇴장하는 브라이언과 스튜어트.
무대에 홀로 남은 스콥스.
알 수 없는 표정으로 방청객을 가만히 바라보는 스콥스.

스콥스 여러분은 부디 (짧은 사이) 부디 진화하세요.

빠르게 암전.

이어 타이핑하는 소리와 함께 무대의 한 공간에 영상으로 띄워지
는 문구.

– 문구의 내용 –
브라이언 검사는 재판 승소 후 5일이 지나 지병인 당뇨로 죽었다.
재판 과정에서 받은 스트레스가 영향을 끼쳤을 것으로 판단된다.
무신론자 언론인이었던 H. L. 멩켄은
'하나님이 테일러에게 천벌을 내리려 했는데
실수로 빗나가서 브라이언이 죽었나 보다'
라고 비꼬았다.

'반진화론 법안'은 61년이 지난 1986년, 에드워드-아귈라드 재판의 결과로

사라졌으며, 역으로 '반창조론 법안'이 가결되어

창조론을 가르치는 것이 완전히 금지되었다.

창조론자들은 이때 제정된 법안에 대해

현재까지도 싸움과 소송을 이어가고 있다.

사라지는 문구.

스콥스를 비추는 조명.

무대 중앙으로 걸어 나오는 스콥스.

묘한 표정으로 객석을 살피는 스콥스.

스콥스   (이내 미소를 지으며) 그럼 수업을 시작하겠습니다.

빠르게 암전.

– 끝 –

한국 희곡 명작선 138
파운데이션 (The Foundation)

초판 1쇄 인쇄일   2023년 11월 20일
초판 1쇄 발행일   2023년 11월 29일

지 은 이   이정수
만 든 이   이정옥
만 든 곳   평민사
　　　　　서울시 은평구 수색로 340 〈202호〉
　　　　　전화 : 02) 375-8571 / 팩스 : 02) 375-8573
　　　　　http://blog.naver.com/pyung1976
　　　　　이메일　pyung1976@naver.com
등록번호   25100-2015-000102호
ISBN   978-89-7115-103-7   04800
　　　　　978-89-7115-663-6 (set)
정　　 가   9,000원

이 책은 사단법인 한국극작가협회가 한국문화예술위원회의 2023년 제6회 극작엑스포
지원금을 받아 출간하였습니다.

한국 희곡 명작선